Jurema Batista
Sem passar pela vida em branco
memórias de uma guerreira

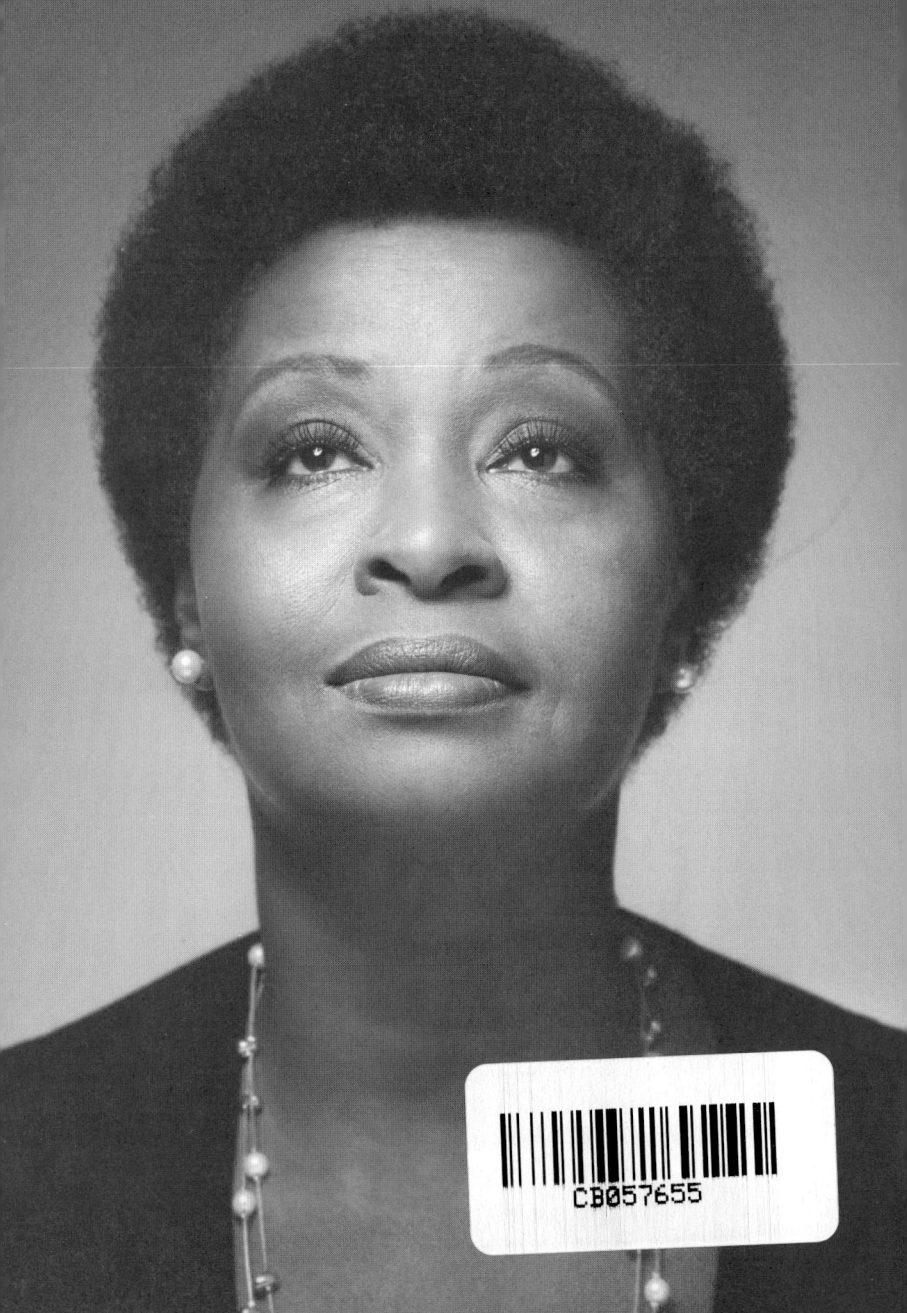

Jurema Batista
Sem passar pela vida em branco
memórias de uma guerreira

Miria Ribeiro e Jurema Batista

Rio de Janeiro, 2011

Copyright © 2011
Miria Ribeiro
Jurema Batista

Editoras
Cristina Fernandes Warth
Mariana Warth

Coordenação editorial
Silvia Rebello

Revisão
Rafaella Lemos
Clarisse Cintra

Capa
Luis Saguar e Rose Araujo

Foto de capa
Marcelo Corrêa

Projeto gráfico de miolo e diagramação
Aron Balmas

(Este livro segue as novas regras do Acordo Ortográfico da Língua Portuguesa.)

Todos os direitos reservados à Pallas Editora e Distribuidora Ltda.
É vetada a reprodução por qualquer meio mecânico, eletrônico, xerográfico etc., sem a permissão por escrito da editora, de parte ou totalidade do material escrito.

CIP-BRASIL. CATALOGAÇÃO-NA-FONTE
SINDICATO NACIONAL DOS EDITORES DE LIVROS, RJ

S581j   Silva, Miria Ribeiro Neto da, 1969-
         Jurema Batista : sem passar pela vida em branco : memórias de uma guerreira/Miria Ribeiro e Jurema Batista. - Rio de Janeiro : Pallas, 2011.
         112p.
         ISBN 978-85-347-0465-6

         1. Batista, Jurema. 2. Mulheres - Brasil - Biografia I. Título.

11-3839   CDD: 920.72
                                                           CDU: 929-055.2

Pallas Editora e Distribuidora Ltda.
Rua Frederico de Albuquerque, 56 – Higienópolis
CEP 21050-840 – Rio de Janeiro – RJ
Tel./fax: 21 2270-0186
www.pallaseditora.com.br
pallas@pallaseditora.com.br

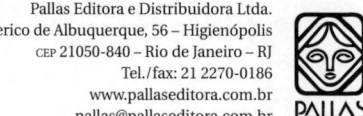

Dedico este livro a Deus, a dona Raimunda Astrogilda da Silva — que apesar de sua simplicidade me ensinou um caminho de muitas possibilidades —, às minhas filhas — que hoje entendem minhas ausências —, às minhas irmãs e à minha sobrinha Cristina — que me ajudou administrar minha casa para que eu pudesse ir para o mundo (atrás de uma mulher vitoriosa existe uma rede de mulheres invisíveis). A todas e todos que direta ou indiretamente continuam ajudando a construir esta história, que não é só minha, mas de muitas pessoas que, no anonimato, não estão deixando suas vidas passarem em branco.

Sumário

9	Prefácio
15	O dia em que conheci Jurema
17	Prólogo
19	O princípio
21	Atrás de alguém existe uma história
31	O dia em que o barraco caiu
37	O batismo que salvou Jurema
39	Adolescência terna e sem riscos
47	Lembranças sem fotos: o que a água não levou
67	Jurema mãe
75	Por um mandato popular
97	Um papo sobre sogras
99	As boas-novas chegam para Raimunda
105	Uma experiência arrebatadora
109	Sem passar pela vida em branco...

Prefácio

"[...] Ouvindo seus relatos, compreendi que sua história de vida tão singular deveria ser compartilhada. Privar as pessoas, principalmente as mulheres e os jovens, de uma biografia tão rica seria um desperdício. Considero sua trajetória vitoriosa um legado para as novas gerações."

Essas considerações feitas por Miria Ribeiro, a escritora que se dispôs a narrar a saga pessoal de Jurema Batista, explicam em poucas palavras o valor fundamental da publicação deste livro, que aparece com o sugestivo título: *Sem passar pela vida em branco: memórias de uma guerreira*.

A partir de uma escuta atenta das memórias de Jurema Batista, Miria elabora um texto em conformidade com a voz da própria depoente. A linguagem empregada pela autora para transcrever o testemunho é direta e contundente, como a utilizada por Jurema Guerreira na construção de seus discursos, apresentados sem rodeios — enfáticos, lúcidos, veementes. Protagonista em dois níveis, Jurema é a voz da história.

Inicialmente, enquanto autora de si mesma, de sua própria vida, guia o destino à medida que se desembaraça das dificuldades ao longo do caminho. Ainda menina seguiu abrindo caminhos para se tornar "protagonista de um cenário, mesmo quando lhe impõem ser apenas coadjuvante". Tornou-se capaz de "construir sua própria história, seu próprio trajeto", não permitindo nunca "que sua vida fosse uma página em branco a ser preenchida pelos outros, mas sim por si mesma", segundo as observações da escritora ao escrever os relatos da Guerreira.

Depois, em um segundo nível, reconhecendo o valor de sua história como uma experiência de vida digna de ser biografada, Jurema Batista organiza, seleciona e grava suas reminiscências, sua origem e sua evolução para Miria Ribeiro, permitindo assim a publicação de suas memórias. Desse modo, coloca-se também como coautora do texto narrativo em que sua própria vida aparece descrita. Sob este aspecto, o texto é mais do que uma biografia autorizada: ela não somente permitiu a publicação, mas é também a pessoa que *fala* no texto, levando-se em consideração que a escrita nasce dos depoimentos que gravou e repassou à escritora. Portanto, Jurema Batista protagoniza também a escrita da história que tem como tema as suas memórias e a sua biografia.

Este livro, cuja matéria traz as recordações de Jurema Batista da infância à carreira política, é um movimento de *"Re-cordis"*. *Re-cordis* pode ser entendido como o ato de *passar de novo pelo coração, de trazer de novo ao coração* o que já foi vivido. E nesse exercício, o passado vai sendo preenchido pela "costura de retalhos imaginários", como observa Miria Ribeiro ao falar da agressão à história e à memória que os africanos e seus descendentes sofreram na diáspora. Porém, busca-se revisitar o passado distante e o recente para articulá-los às demandas do presente.

A biografia de Jurema Batista revela fatos cruciantes de sua infância, de sua adolescência e mesmo de sua vida adulta. Entre os valores destacados em suas memórias, encontra-se o da família. Tanto a família em que a Guerreira foi gerada como a que gerou depois. Figuras familiares insistem em não se perder nos labirintos do esquecimento. Tenta-se recuperar a imagem da bisavó Ardana, que surge construída por relatos da menina Jurema. O núcleo familiar, sanguíneo ou não, com todas as contradições, ganha uma dimensão que reafirma o papel da família como um espaço de sustentação e de resistência, assim como a religião.

Biografias, relatos de vida e testemunhos pessoais ganham significados mais profundos na medida em que podem ser conectados às experiências de um grupo, extrapolando assim uma vivência particularizada, pessoal. *Memórias de uma guerreira* é um texto que, no ato de apreensão dos fatos de uma vida particular, promove a recuperação de uma memória coletiva. Aqui se inscreve, notadamente, a memória dos habitantes do Andaraí e que em movimentos mais amplos resguarda também parte de uma memória afrobrasileira. O relato da experiência individual de Jurema Batista mesmo quando enfoca, em vários momentos, situações pessoais, se torna emblemático, enquanto memória de um "nós", isto é, de indivíduos e de uma comunidade, que compartilham situações de sofrimentos e resistências. E no que tange às questões de gênero, de maneira especial, aparecem registrados os enfretamentos vividos pelas mulheres negras e pobres. É uma biografia que combina relatos de vida de uma gama de mulheres, nomeadas ou não. Um "nós" mulheres se mescla à história da Guerreira.

A vivência de Jurema Batista no seio de sua família, sua inserção e compreensão do cotidiano de sua comunidade, assim como a consciência crítica sobre a condição do negro na sociedade brasileira que a Guerreira começa a ganhar, já no final do curso de graduação, e cuja mestra fundamental foi Lélia Gonzalez, são aspectos marcantes em sua biografia. Sua trajetória inicial, marcada por lutas de reivindicações locais a partir de sua comunidade, vai dilatando sentidos e forjando a sua formação política. Os vários momentos de lutas empreendidos por Jurema Guerreira aparecem registrados no livro. A leitura das *Memórias de uma guerreira* nos mostra, primordialmente, a caminhada de alguém que tem uma consciência forjada no coletivo e voltada para o coletivo. Revela também como a atuação de Jurema Batista, primeiramente local, vai se ampliando a ponto de conduzi-la a cargos eletivos no município e no estado. Mostra ainda o reconhecimento que lhe é dado para além das fronteiras nacionais e as conexões de proximidade e de relacionamento entre povos oprimidos, ou que já conheceram a condição de opressão da qual ela participa. A Guerreira, sem dúvida, corresponde ao que afirma Miria Ribeiro: "Jurema é do Andaraí. Jurema é do Rio de Janeiro. E saiu daqui para conhecer o mundo e o mundo conheceu o Andaraí."

As memórias de Jurema Batista, escritas por Miria Ribeiro como tradução da voz da depoente, iniciam no âmbito do pessoal, com o objetivo de narrar uma trajetória de vida, mas não se restringem a esse único exercício. Seus relatos integram a experiência de quem "não tinha voz nem vez", enquanto pessoa pertencente a grupos destituídos de poder.

Sob esse aspecto, proporcionar às pessoas o conhecimento da trajetória de Jurema Guerreira é disseminar uma lição de vida pessoal e política em um momento em que tanto se ouve dizer sobre a ausência de heróis, heroínas e lideranças políticas. É também buscar compreender a vida de mulheres que lutaram e lutam para atingir posições não comuns, apesar das barreiras.

E quando se trata de distinguir a atuação de uma mulher negra, mais significado ganha o livro, no centro da cena biográfica está a história de Jurema Batista. E, em se tratando de biografias, testemunhos, pesquisas, romances históricos e ficções (no terreno ficcional proliferam os estereótipos) que tenham como protagonistas as mulheres afro-brasileiras, pouca atenção lhes é dispensada. Apenas recentemente começaram a surgir, de forma tímida, trabalhos que buscam visibilizar a trajetória de algumas mulheres negras.

Permitam-me, agora, finalizar esse prefácio citando parte de um texto que escrevi um dia. Creio que o fragmento seguinte sintetiza o valor da voz e da atuação de Jurema Batista em seus depoimentos:

"E em nossa fala, há muito fazer-dizer, há muito de palavra-ação. Falamos para exorcizar o passado, arrumar o presente e predizer a imagem de um futuro que queremos. Nossas vozes-mulheres negras ecoam desde o canto da cozinha à tribuna. Dos becos das favelas aos assentos das conferências mundiais. [...] Dos mercados, das feiras onde apregoamos os preços de nossas vidas aos bancos e às cátedras universitárias. [...] até os movimentos feminista e negro. Desde ontem... Desde sempre... Nossas vozes propõem, discutem, demandam. Há muito o que dizer. Há muitos espaços ainda vazios de nossas vozes e faremos chegar lá as nossas palavras. Há muito que fazer-dizer. Não tememos. Sabemos falar pelos orifícios da máscara com tal força que estilhaçamos o ferro. Quem aprendeu a sorrir e a cantar na dor, sabe cozinhar as palavras pacientemente na boca e soltá-las como lâminas de fogo, na direção e no momento exatos."

E mais uma vez Jurema Guerreira não espera no seu fazer-dizer, na sua palavra-ação, corajosamente se expõe: do Andaraí a outros cantos do mundo.

Conceição Evaristo
Janeiro de 2010

O dia em que conheci Jurema

Conheci Jurema Batista em maio de 2006. Estava autografando meu primeiro livro, na sede da editora, quando escutei uma voz grave e metálica dizendo:

— Autografa para mim, eu sou Jurema Batista!

Levantei a cabeça e reconheci aquela mulher altiva que tinha visto apenas pela televisão. Surpresa e feliz por sua presença, autografei o livro e lhe agradeci pela presença. Tempos depois voltaríamos a nos encontrar numa relação profissional. Ouvindo seus relatos, compreendi que sua história de vida tão singular deveria ser compartilhada. Privar as pessoas, principalmente as mulheres e os jovens, de uma biografia tão rica seria um desperdício. Considero sua trajetória vitoriosa um legado para as novas gerações.

Após meses o projeto foi para o papel, e coube a mim, ouvinte privilegiada de suas memórias, rir e chorar com sua história: a de uma menina que, do quarto de empregada, construiu um sonho e ultrapassou os limites impostos pela sina que a esperava.

Jurema Batista não se cansou da guerra. Este livro é a prova disso. Se existe coincidência, eu não sei. Mas ter conhecido Jurema foi um presente. E, ao ler essas memórias, você vai compreender que é possível ser protagonista de um cenário mesmo quando lhe impõem ser apenas coadjuvante.

Jurema é do Andaraí. Jurema é do Rio de Janeiro. E daqui saiu para conhecer o mundo, e o mundo conheceu o Andaraí.

Prólogo

No dia 9 de agosto de 1957, na maternidade de São Cristóvão, nascia Jurema Batista. O Andaraí ainda não sabia, mas aquela menina sapeca que tempos depois desceria o morro toda serelepe, de olhos vivos e atentos, um dia o iluminaria. O Andaraí, que antes era iluminado com querosene, conheceria a luz mediante a luta e o empenho desta menina desassossegada em cumprir um destino que não receberia como seu.

Jurema, filha de Raimunda, irmã de Jorgina e Luciana, mãe de Viviane, Dandara e Nianuí, viveu uma saga tão grandiosa e peculiar que o Rio de Janeiro não poderia deixar de ser o cenário mais perfeito para concebê-la. O morro do samba que traduz a dor e a resistência de quem teima em viver embalou os passos dessa menina que sabe que a vida não nos oferece a escolha de voltar. E que é preciso seguir em frente, mesmo que seja para subir ou descer o morro.

O princípio

Quando os navios negreiros aqui aportaram, homens e mulheres trazidos como carga, tratados como mercadoria, amontoados, acorrentados, violados e sequestrados, sem direito a escolher seu próprio destino, tinham a morte como a única certeza. Era impossível imaginar que no século XX uma herdeira da mãe África, descendente desses escravos, assentaria-se no parlamento do segundo estado mais importante do país. Na Praça XV, onde séculos atrás os escravos eram exibidos para venda, bem perto de onde hoje é a Assembleia Legislativa do Rio de Janeiro, Jurema Batista, negra, mulher e parlamentar, legislaria com os herdeiros da oligarquia e, consequentemente, dos algozes de seus ancestrais.

Sem brasão, herdeira do povo, filha do Brasil, neta da África, Jurema assume a voz dos que foram sequestrados de sua terra e de sua cultura, abominados por sua cor e silenciados em sua dor.

Jurema é mulher do morro, mas também, mulher do asfalto. Por isso, foi indicada ao prêmio Nobel, reconhecida por compreender que uma cidade não deve ser partida, e sim compartilhada.

CAPÍTULO I

Atrás de alguém existe uma história

América Latina, Brasil, país sem memória. A história e a preservação da memória são o que dizem quem somos, o que fomos e o que podemos ser. Jurema, como a maioria dos afrodescendentes, desconhece de que parte do continente africano vieram seus antepassados. O que sabe é pouco. O que sabe é o que ouviu falar, e o que foi costurando com retalhos imaginários. O que ouviu falar é que seus antepassados mais próximos se chamavam: Ardana, sua bisavó materna, Rosa, sua avó materna, e seu avô, personagem importante e marcante nesta saga familiar, cujo nome, entretanto, Jurema desconhece.

Dos três personagens nascidos no estado de Minas Gerais, que gerou a riqueza da Revolução Industrial inglesa às custas do sofrimento dos escravos que trabalhavam nas minas, o que mais alimentou o imaginário idílico de Jurema foi sua bisavó, Ardana. Descrita por sua mãe como uma índia de tranças negras e longas, Ardana era a *Pocahontas* identificada por Jurema anos mais tarde ao assistir à saga da heroína no desenho da Disney. Ardana fora caçada e laçada, o que no imaginário infantil denotava certo lirismo. Anos depois compreendeu que Ardana sofrera um sequestro: caçada como um animal para atender aos instintos de um macho caçador. Ardana, a índia de tranças grandes e negras, tornou-se então a vítima e o símbolo das mulheres às quais o destino se impõe sem dar o direito de escolher como e com quem viver. Ardana índia, Ardana mulher, Ardana nome forte, bisavó de Jurema, sua *Pocahontas,* heroína de seus pensamentos infantis. Ardana gerou Rosa, que gerou Raimunda, que gerou Jurema. Foi a própria Raimunda quem narrou para Jurema uma trágica lembrança que, em sua mente de menina, seria o primeiro marco de uma indignação e pautaria suas lutas futuras.

Raimunda, criança, assistiu a uma cena grotesca. Ao fim da lida, seu pai foi prestar contas do gado ao senhor da fazenda. Faltava um boi. O negro servo e trabalhador anunciou o fato. Foi recebido com socos, empurrões e pontapés. Rolou pelos degraus da casa do senhor e caiu, sem vida. O senhor do gado não aceitou perder o boi. Que morra o serviçal.

Raimunda, ao narrar para a filha pequena o trágico fim da vida de seu avô, marca mais uma vez no imaginário de Jurema a busca pela compreensão de fatos desta ordem. A pequena Jurema constrói um cenário. O avô vestia blusa xadrez e calça com suspensórios, e o que completa a imagem é a informação dada por Raimunda de que ele botara o coração pela boca — talvez numa referência ao sangue expelido pela boca do homem no fim de sua agonia. Raimunda, mãe de Jurema, era bem pequena quando viu esta cena, pois ainda tinha 9 anos quando veio para o Rio de Janeiro trabalhar como doméstica na casa dos ricos. Raimunda, trabalhadora infantil, percebe na carne o que acontece quando não há nada nem ninguém que a defenda. Analfabeta até a maturidade, aprende com a vida a encontrar alegria nas pequenas coisas. Raimunda, violada na infância pelo trabalho que lhe era exigido, foi também violada na sua inocência. Violada sexualmente pelo filho do patrão, sua dor de criança foi silenciada pela impossibilidade de punição para o infrator. Empregada, negra, criança, sem voz para reclamar aos patrões que lhe garantiam teto e comida.

Tempos depois, ainda muito jovem, Raimunda teve o primeiro filho, fruto de um relacionamento. Mas o menino Renato não foi criado por ela. Dado a uma família de Volta Redonda, Jurema nunca soube do paradeiro do irmão. O que soube é que era branco. Durante anos, Jurema foi perseguida pelo assombro de um incesto. Temia relacionar-se com o irmão sem saber. Como numa tragédia grega, os segredos familiares se apresentam como espectros flutuantes que pairam sobre aqueles que tentam reconstruir as lacunas vazias de suas histórias.

Raimunda foi uma mãe fecunda e, logo depois, daria à luz Jorgina Maria das Graças, a irmã mais velha de Jurema. Jorgina retrata em seu nome o sincretismo religioso de dona Raimunda. Como se diz, Raimunda "acendia vela para dois santos". Jorgina para agradar a Ogum, Maria das Graças para agradar à santa católica. Entre a Umbanda e o Catolicismo, Jorgina foi batizada de forma ecumênica para agradar aos santos. Uma forma conciliadora de não trazer confusão ao credo dividido.

Alheio a isso, o escrivão descrente entrega a certidão com o nome *Georgina*. Como o que vale é a intenção, o nome escolhido não deixou de sinalizar a oscilação religiosa de dona Raimunda.

Jorgina para dona Raimunda, ou Georgina na grafia do escrivão, foi Daia para Jurema.

Jorgina, inteligente, pôde estudar somente até a terceira série, hoje equivalente ao quarto ano. Aos 14 anos seguiu o caminho imposto às meninas pobres: seria empregada doméstica. Mas isto não deu a Jorgina uma percepção de ser vítima das circunstâncias. Jurema se lembra da felicidade estampada nos olhos de Jorgina ao encapar seu material escolar. E do modo carinhoso como cuidava dela, principalmente de seus cabelos, que eram crespos. "A *Daia* penteava meu cabelo alisado com pente de ferro quente, mas como eu gostava muito de brincar, os cabelos ficavam bagunçados e ela os dividia ao meio e dizia que o meu penteado era o da Rita Pavone, cantora que fazia grande sucesso", disse Jurema. A cantora era branca e usava o cabelo repartido, mas para manter o cabelo de Jurema no lugar, Jorgina amarrava um lenço que nem sempre cumpria com sua função, pois entre uma e outra brincadeira, saía da cabeça. Faltou-lhe provisão, mas nunca ternura. Aliás, ternura foi o que nunca faltou à família Batista. Raimunda, a matriarca, mesmo diante de tanto sofrimento, sempre encontrava motivos para cantar. Ora limpando a casa dos patrões, ora lavando a roupa da casa, Raimunda sempre cantava.

Mas é preciso retroceder um pouco, pois Jurema foi fruto de outro relacionamento de Raimunda, e gerada pelo embalo amoroso de José, um homem alto, negro e temperamental, que variava o humor mediante altas doses de álcool. José fez Raimunda feliz por algum tempo, e eles desfilavam juntos na escola de samba Floresta do Andaraí. Quando não estava sob o efeito do álcool, José era um homem bom.

No entanto, uma tragédia atravessou novamente o caminho da pequena Jurema e, numa infeliz partida de futebol, José cometeu um homicídio, foi preso e enviado para o Complexo Prisional Frei Caneca. E, assim, os passeios dominicais da menina Jurema seriam por muito tempo no pátio do presídio onde o pai estava. Mais tarde, Jurema faz uma comparação que a deixa muito chocada, pois, enquanto as crianças iam ao zoológico aos domingos para ver os bichos enjaulados, divertindo-se ao oferecer frutas aos animais, sua ida ao complexo prisional fazia com que ela conhecesse um outro tipo de jaula, a de humanos. No caso de José Macaco, também incluía um farnel de frutas levado por sua filha.

Raimunda, criando uma outra história numa tentativa de não gerar tanto sofrimento para a filha, dizia que José não tinha tido culpa, que tudo tinha sido armação da polícia. Mas Jurema sabia que não era verdade.

De vez em quando, Raimunda deixava suas dores vazarem. Ocasionalmente lembrava com tristeza os maus-tratos que sofrera de José. Certa vez, sem mais nem menos, ele adentrou a porta, pegou um pente quente que era usado para esticar cabelo e o enfiou, quente como estava, por dentro do vestido de Raimunda. O ferro marcou um amor que esbarrava na impossibilidade de ser plenamente feliz.

Os dias corriam e, vivendo num paradoxo entre a opulência e a pobreza, Jurema crescia sonhando aos domingos com uma maneira de libertar o pai daquela prisão de muros tão altos. Durante a semana sonhava ser poderosa como o Nacional Kid, e imaginava possuir os poderes daquele herói que voava. Sentada no sofá das salas ricas dos patrões de sua mãe e imaginava que no domingo poderia sobrevoar o muro do presídio e libertar o pai.

José era chamado José Macaco, mas se inventou Batista. Coagido pela família, que dizia se envergonhar de seu comportamento, ainda jovem abdicou de seu sobrenome, Martins, e adotou o sobrenome Batista. Tal qual João Batista, José se batiza, esperando não ter de se curvar às acusações de provocar constrangimento ao nome da família. Achou que mudando de nome talvez pudesse mudar de vida. Mas isso não aconteceu.

Jurema, por ser filha de José Macaco, recebeu o apelido de Macaquinha. Não é preciso se aprofundar muito em questões de sensibilidade para supor quais marcas podem ter sido causadas na autoestima da criança. Jurema vivia entre dois mundos, entre o morro e o asfalto, e tinha duas identidades. Na casa dos patrões, era a filha da empregada, no morro, a filha de Raimunda e José Macaco. Raimunda nunca permitiu que Jurema fosse empregadinha. Sempre advertida pela mãe, Jurema ouvia a frase: "Já para o quarto." Essa frase era a proteção de Raimunda. Não queria que a filha repetisse sua sina. Jurema partia para o quarto de empregada e lá sonhava com um futuro diferente. Quem sabe Raimunda fosse portadora do oráculo que profetizava para aquela menina outro tipo de história.

Jurema saía do quartinho apenas para ir à escola. Aliás, a ida à escola fez Jurema ter contato com o mundo policial pela segunda vez. A mãe não tinha dinheiro para comprar seu uniforme escolar nem seus livros, por isso, Jurema fazia parte da caixa escolar (que era constituída por um valor dado pelos alunos mais abastados e utilizada para comprar o material daqueles alunos que não dispunham de condições financeiras para isso). No entanto, para receber o benefício, tinha de comprovar que era realmente pobre com um atestado de pobreza retirado em uma delegacia. O que era pior: para o responsável efetuar a retirada, a criança tinha de estar presente. Então, em suas idas à delegacia, Jurema via pessoas chegando baleadas, algemadas, e presenciava toda sorte de aberrações. Hoje, o Estatuto da Criança e do Adolescente proíbe que uma criança seja exposta a esse tipo de situação, principalmente dentro de um órgão público.

Jurema entendeu que, já naquela época, pobreza e criminalidade eram a mesma coisa para os poderosos.

Os primeiros sentimentos de fidelidade e lealdade são recordações do tempo de escola. Jurema se lembra de Wanda Lúcia, uma amiga especial, que foi escolhida para compartilhar seus mais íntimos segredos. Diferentemente das outras crianças, Wanda não ria dela e conseguia dar asas a sua imaginação.

Jurema achava Wanda muito cuidadosa, além de muito bonita. Era filha de dona Hélia e seu Manezinho, que a abrigaram quando sua mãe esteve internada por seis meses devido a uma queimadura no corpo. Para Jurema, dona Elia, embora não tenha cursado nenhuma faculdade, foi a primeira assistente social que conheceu, pois estava sempre resolvendo problemas para as pessoas da comunidade — de aposentadoria, de saúde, e de outras naturezas, fazendo a relação entre a comunidade e os poderes públicos daquele tempo.

Quando em alguns momentos conversava com os patrões da mãe, sempre era alvo de admiração por sua inteligência. Mas a admiração escondia a surpresa: Como a filha de uma empregada podia ser tão inteligente se vivia confinada na área de serviço? Jurema traz lembranças curiosas sobre essas passagens. Por exemplo, a casa onde o patrão não era conhecido pelo nome, mas pela patente. Era a casa do Brigadeiro.

Se nem tudo eram flores, também não houve só espinhos. Observando os modos e os gestos das crianças abastadas, Jurema adquiria comportamentos que serviam de zombaria para os vizinhos do morro. Mas sabia que já era diferente. Em uma ocasião, como num ato profético, Jurema acompanhou os patrões da mãe num jantar oferecido ao governador do Estado. Décadas mais tarde, isso faria parte de seu cotidiano político.

Num episódio generoso, recorda-se de dona Fib, patroa da mãe, cuidar de sua pele, que ficou purulenta devido às constantes feridas causadas por picadas de insetos. Essas marcas lhe traziam bastante incômodo, pois sempre davam motivo para a zombaria de outras crianças. Dona Fib, patroa da mãe, cuidou de suas feridas, tratando-as com medicamentos, e com tanto zelo que Jurema entendeu que afeto não tem cor nem dinheiro.

Dona Raimunda estava sempre trabalhando e foi cozinheira na casa de dona Alaíde, professora de piano, um instrumento obrigatório para meninas de fino trato. Jurema ficava de longe, olhando, ouvindo e sonhando. Vendo as alunas privilegiadas de dona Alaíde entrarem e saírem, simulava tocar piano nos degraus da escada. Questionada pelo patrão de sua mãe sobre o que estava fazendo, disse que estava tocando piano. Ironicamente o ouviu dizer que o futuro que a aguardava era o fogão, mas dona Alaíde não pensou assim, nem mesmo Jurema. Numa ocasião em que ninguém estava na sala, Jurema abriu o piano e tocou a melodia que ouvira dona Alaíde ensinar tantas vezes. Surpreendida pela professora, Jurema ficou assustada por ter sido flagrada invadindo um território que lhe era negado, mas foi encarada por uma senhora admirada e encantada. Dona Alaíde, que era cadeirante, talvez sentisse na pele o que é ter limites impostos na vida, e a ensinou a tocar aquele instrumento, um ornamento tão distante, da cultura erudita de poucos. E, assim, posteriormente Jurema fez sua primeira audição, vestida de branco, com sapatos de verniz e cabelos esticados. Novamente percebeu que solidariedade não tem cor nem limite.

Uma de suas lembranças tristes de infância era o alcoolismo da mãe. Certa ocasião, em umas das casas em que Raimunda trabalhava, Jurema se atreveu a comer o doce que estava sendo guardado para a sobremesa. Raimunda ficou constrangida pelo fato de ser inquirida pelo doce e descontou na filha a vergonha que passara por essa falta. Jurema lembra que era uma patroa avarenta, da qual não faz questão de lembrar nem o nome. Essa lembrança lhe causa muita dor, pois Raimunda agrediu Jurema e bebeu em seguida, como se se culpasse pela violência dupla que impôs à filha.

Neste caso, Raimunda revidou. Na ausência da patroa, convidou a vizinhança e deu uma festa. Preparou todos os quitutes que pôde e, com fartura, fez um banquete para a vizinhança. Um revide pela avareza daquela patroa. No auge da embriaguez, praticou sua vingança. Os melhores talheres, toalhas e comidas foram oferecidos àqueles que jamais entrariam naquela casa: seus vizinhos do morro e os passantes da rua.

Raimunda adormeceu embriagada. A casa estava uma completa bagunça e, ao chegar, a filha da patroa verificou que o espanto da pequena Jurema guardava algum segredo. Ao ver a casa em condições precárias, o motorista da família procurou o patrão. Raimunda estava entorpecida pelo álcool e sequer acordou. No dia seguinte foram expulsas, mas com a vingança praticada, Raimunda amenizou sua angústia. Nas idas e vindas da mãe pelas casas das patroas, Jurema nem sempre podia acompanhá-la. Ficava entre o morro e a escola. O rádio e as crianças do morro tornavam-se seus companheiros constantes.

À noite, Raimunda chegava com as sobras, que eram bem gostosas. A respeito das delícias que sobravam dos patrões, Jurema disse que quando os patrões eram portugueses, as sobras eram comidas de boa qualidade e em quantidade generosa.

A embriaguez de Raimunda às vezes lhe tirava o siso. Em uma ocasião, ficou em casa, pedindo que a pequena Jurema buscasse seu pagamento. Jurema lembra que devia ter cerca de 10 anos. Ao chegar à casa da patroa da mãe foi obrigada a ouvir que o prejuízo que Raimunda deu com as bebidas caras não lhe dava o direito de receber nada. Jurema saiu envergonhada com o discurso daquela senhora. Ao chegar em casa, encontrou Raimunda tranquila, e ela respondeu: "Deixa, esse dinheiro não vai me fazer falta." Mas na verdade ela apenas fingia estar alheia ao sofrimento e, neste período, tentou o suicídio. Ela foi internada e Jurema ficou aos cuidados de dona Elia, a senhora bondosa que lhe ofereceu teto e comida. Dona Elia tinha muitos filhos, e a comida era racionada. Neste tempo, Jurema sentiu dois tipos de fome: a física e a afetiva. Foram seis meses sem o carinho e sem a comida de Raimunda. Até hoje Jurema sente como se tivesse sido uma eternidade.

CAPÍTULO II

O dia em que o barraco caiu

Os infortúnios dos que sofrem com o descaso, de quem entra no censo apenas como número, de quem não tem esgoto, de quem não tem água, de quem não tem asfalto e de quem não tem casa, não se resumem às faltas acumuladas em suas existências pela ausência de um Estado de Direito. Perde-se a voz e também a vida.

O período que antecede o fim da infância de Jurema é marcado por duas tragédias. Numa das muitas chuvas que se abateram sobre o Rio de Janeiro, moradores de morros, com seus barracos sem fundações, viram madeiras, placas de zinco e paus desmoronarem junto com a lama, levando seus parcos pertences. Jurema também viu seu barraco cair, mas não foi o primeiro. Outros dois já tinham caído antes. Somente quando se tornou presidente da associação de moradores Jurema descobriu o motivo: a mãe construía os barracos nos piores lugares da favela, no curso natural das águas. Os engenheiros lhe explicaram que o nome desse lugar é talvegue, ondulações por onde passa a água da enxurradas. Mas era tarde demais, e Ione, sua irmã, já estava morta.

Jurema aprendeu que solidariedade não tem endereço depois de perder esse último barraco. Ela e a mãe foram morar na casa de dona Juta. Dormiam juntas no chão da sala. Tudo o que a família possuía, dividia com elas, até as tristezas.

Embora perder o barraco fosse como perder parte da vida, muitas pessoas perderam realmente a própria vida.

Era a incoerência social que dividia a cidade e punia as famílias dos morros, que a cada chuva perdiam também pessoas. Jurema experimentou isso ao perder Ione, sua irmãzinha. Foram vítimas de uma tragédia que se tornara comum no cotidiano carioca.

O barraco de Jurema caiu na enxurrada e ela conseguiu se salvar sem grandes sequelas. Ione levou uma pancada e, dias depois, a moça que cuidava da menina percebeu um machucado em sua cabeça. Aos 11 meses, Ione contraiu meningite e morreu.

Ao saber, Jurema se jogou no chão, e isto se tornou um rito para neutralizar a dor. É como se dissesse: "Caí, mas do chão não passo."

Ione sofreu lesão na meninge, uma lesão da pobreza. Sobre as lembranças do sepultamento de Ione, Jurema lembra que o dinheiro arrecadado junto à vizinhança só deu para comprar um caixão de péssima qualidade, que chegava a ser transparente; era possível até mesmo visualizar o corpo inerte da criança morta. Na capela, vendo aquele corpinho frágil, Jurema pensava: "As pás de terra vão quebrar o caixão da minha irmã." Neste mesmo ano, José, pai de Jurema, saiu da prisão. Com a saúde debilitada por causa da mistura de álcool e vinagre que consumia na cozinha do presídio, onde trabalhava por ter bom comportamento, faleceu meses depois devido a problemas pulmonares. Ao sair da prisão, José foi morar com Geraldo, tio de Jurema, pois sua mãe já se relacionava com outro companheiro, pai de Ione e, posteriormente, de Luciana. Foi na casa do tio Geraldo que Jurema viu o pai com vida pela última vez. Ela se lembra de seu gesto carinhoso para com ela; ele esquentou a comida toda misturada em uma panela. A comida consistia em arroz, feijão, carne assada e farofa, e ele comia uma colherada e dava outra para a filha. Essa noite foi eternizada para ela, principalmente na adolescência. Sempre que se sentia feliz, misturava tudo e comia.

Em meio a todas as tragédias, os sonhos que tanto aguardava, o de ver o pai voltar para casa e a irmã chegar com vida, não se tornaram realidade.

A chegada de Luciana, mesmo nascida sob a marca da miséria, trouxe um pouco de esperança para a família Batista. Dona Raimunda saiu do barraco com dores de parto e, atravessando uma vala, viu seu ventre expelir a filha que por tanto tempo escondera. Surpresa, Jurema lembra-se de ter visto a irmã recém-nascida toda suja de lama. Luciana viera como um segredo, pois Raimunda temia revelar que mais uma criança chegaria. Porém, o bebê trouxe uma grande alegria para Jurema. Era época do festival da canção e Luciana era tema de uma música muito cantada na época. Jurema escolheu o nome e Luciana se tornou o marco de uma nova fase. Dona Raimunda foi seguindo a vida. Ia para o trabalho, voltava à noite para casa e, com o nascimento da irmã, acabara a vida de Jurema na casa das madames, pois passara a viver apenas no morro do Andaraí.

Um personagem marcante na vida de Jurema foi seu tio Geraldo. Funcionário da Comlurb, foi seu protetor, e ela o acompanhava como se fosse seu próprio pai. Geraldo, pai de Joana Darc, prima de Jurema, era alto e bonito, e com alegria trazia Jurema e Darc da escola. Darc era uma menina frágil que acabou perdendo o pai. A dor da perda adoeceu Darc e entristeceu Jurema. Hoje Darc é motivo de orgulho. Funcionária pública, rompeu com o ciclo de pobreza que lhe parecia destinado.

Tia Adelaide, também marcante na infância de Jurema, foi sua fada madrinha. Sempre que se lembra dela, Jurema também se lembra dos presentes, das roupas e de sua presença, que representava tão bem a felicidade. Principalmente nos Natais, quando ela era o próprio Papai Noel, distribuindo brinquedos para todas as crianças e especialmente para sua amiga Wanda Lúcia.

Em um desses Natais, tia Adelaide levou uma bola gigante para Jurema, e era tão grande que ela não conseguiu segurá-la. Resultado: a bola desceu morro abaixo. Jurema chorou como uma manteiga derretida (era assim que a chamavam quando começava a chorar). É óbvio que a tia Adelaide providenciou outra bola.

Tia Adelaide hoje cuida de Elis — Elis Jurema, netinha de Jurema.

Brinquedos caros eram muito raros, mas Jurema adorava brinquedos, o que era percebido por todas as pessoas, inclusive pelas más. Ela lembra que uma patroa de sua mãe a chamava para ver televisão e pedia que lhe fizesse cafuné, pois quando viajasse para os Estados Unidos lhe traria um brinquedo. Então, a patroa foi aos EUA e, quando voltou, chamou todos os familiares para receberem seus presentes. Jurema ficou na porta da copa, de onde visualizava a sala. A patroa chamava nome por nome e o coração de Jurema disparava, até que acabaram os presentes. Jurema foi para o quarto chorando e contou para a mãe o que tinha ocorrido. Raimunda, sempre atenta e querendo satisfazer a filha, comprou-lhe uma boneca, e era tão cara que foi paga em 12 prestações. O nome da boneca, Jurema não esquece, era Gracinha.

CAPÍTULO III

O batismo que salvou Jurema

Ainda durante a infância, Jurema foi acometida por uma grave crise de bronquite. Com sinais de que não sobreviveria, Raimunda entendeu que devia batizar Jurema para que, caso morresse, fosse como um anjinho. Jurema foi batizada e sobreviveu. Dona Raimunda, que fizera promessas a São Sebastião, após a sobrevida da filha carregou-a durante sete anos até a Igreja de São Sebastião. A menina vestia um short vermelho e tinha uma fita também vermelha atravessada no corpo, como reconhecimento por sua cura. A fita acompanharia Jurema em muitas ocasiões, e foi usada em seu uniforme de Pastorinha na Folia de Reis. Jurema perguntava à mãe se não era pecado usar a fita para tudo. A mãe lhe respondia que tudo era sagrado. Depois, a mesma fita foi usada no traje caipira da escola. São João também não era santo? Com a falta de dinheiro, a sabedoria e o capricho de Raimunda, a fita seria "pau para toda obra". Aliás, para todas as cerimônias.

No batismo emergencial, coube a tia Dineia, esposa do tio Geraldo, ser a madrinha improvisada no lugar da tia Janaíra.

Jurema viveu e experimentou situações singulares que forjaram sua luta contra a violência praticada contra as minorias. Lembra que na infância presenciou uma tragédia que representa a violência imposta a muitas mulheres. Quando estava sendo cuidada por uma senhora enquanto a mãe trabalhava, viu esta mulher ser assassinada por um companheiro, conhecido por João Brucutu, ex-presidiário. Ele a assassinou desconsiderando a presença da criança no cenário de sua crueldade. É bem possível que o sentimento de Jurema de lutar pelos direitos da mulher tenha tido origem neste episódio.

Já vereadora, foi convidada para o aniversário da escola Panamá para contar a sua experiência — de quem estudara naquela escola e agora era uma expoente da sociedade. A diretora era então uma mulher negra, a professora Arlete, descendente de quilombolas de Paraty.

CAPÍTULO IV

Adolescência terna e sem riscos

Durante a adolescência de Jurema, Luciana foi sua responsabilidade. Espremida no ventre de Raimunda, crescia em segredo, pois a mãe temia ser dispensada pelos patrões se soubessem que estava grávida. Jurema, que já queria ser adulta, passou pela adolescência sem muitos riscos. Lembra-se também de que, apesar do alcoolismo, dona Raimunda tinha muito cuidado com sua honra. Virgindade na comunidade sempre foi coisa muito séria, e o dia da malhação de Judas era um temor para quase todas as moças. O medo? Ser revelado naquela tábua o segredo que apenas elas e os parceiros sabiam. Muitas juravam que aquilo era calúnia, difamação etc. Mas depois que o nome aparecia no Judas, quem colocaria a mão no fogo?

Por isso, Raimunda cuidava muito bem de Jurema, tomava conta de suas menstruações, brigava se ela se sentasse de perna aberta e, para sair, permitia somente com Claudiceia ou Diuceia. E dessas duas primas Jurema guarda boas lembranças. Claudiceia era muito namoradeira e as pessoas falavam mal dela, mas o escândalo se deu mesmo quando se casou com Redusino. Numa clara demonstração de racismo, as pessoas não se conformavam que um homem branco pudesse se casar com Claudiceia. No entanto, casaram-se, e foram felizes por muitos anos. Recentemente ela morreu do coração, mas até hoje seu filho, Hilário, mantém contato com a prima Jurema.

Quanto a Diuceia, ou Ceinha, como era chamada, Jurema a admirava principalmente pelo modo de se vestir. Era cheirosíssima e tinha coleções de perfumes de uma marca popular. As pessoas a recriminavam por andar toda bonita e viver em uma casa caindo aos pedaços, e ela respondia: "Quem está caído é o meu barraco, e não eu."

Assim levou a vida, aproveitando cada dia antes de falecer do coração, mas nos deixou dois filhos lindos, Flávio e Fábio.

Jurema relembra esse período com muita emoção: "Estas mulheres me levavam para a noite, mas pela manhã batiam na porta do meu barraco e diziam: 'Tia Raimunda, está entregue.' Ou seja, eu continuava íntegra."

Esta foi também uma época de idas ao cinema. Onde tivesse promoção, lá estava Jurema. Na praça Saens Peña, no Méier ou em Cascadura. E, nesses locais, Jurema assistiu a seus filmes prediletos. Viu inúmeras vezes *Operação Dragão*, *Inferno na Torre* e *Tubarão*. Era a forma que Jurema tinha de abstrair a dureza de seu cotidiano.

Raimunda não teve sucesso com os homens e, por essa razão imprimia em Jurema tanta responsabilidade. Sua adolescência foi permeada de cores e filmes, e pães e doces que Wilson, seu cunhado, constantemente levava.

O primeiro amor chegou com Paulinho, pai de sua primeira filha, Viviane. Nesta fase a amizade com Jorge, Sebastiana e Rosália se solidifica.

Foi com esta última que Jurema começou a frequentar o Renascença Clube, mas ela relutava com Rosália, pois dizia que quem frequentava o local era a elite negra, que no Renascença se reunia a nata da comunidade negra. Não podemos esquecer que de lá saiu a primeira Miss Brasil negra, Vera Lúcia Couto.

O Renascença surgiu com o objetivo de atender a demanda da classe média negra que se sentia discriminada ao tentar frequentar outros clubes. Fundado em 17 de fevereiro de 1951, o clube cumpre até hoje seu propósito.

Na década de 1970, era o espaço onde os negros se reuniam para dançar ao som das noites do Shaft, promovidas por Dom Filó, e também para discutir o que acontecia. "Foi lá que conheci a dra. Sebastiana Arruda e os seus irmãos, que eram carinhosamente chamados de família Arruda, fundadores do Renascença Clube. Hoje tenho um imenso afeto por esta família."

Com Rosália, Jurema comia rabanadas fora de época e passava as tardes lendo os periódicos juvenis daquele tempo, em que viam as fofocas, os artistas e as fotonovelas. Rosália era bonita e vaidosa, e era uma referência para Jurema.

José Marcos, irmão de Paulinho, foi quem influenciou seu gosto por música negra americana. Jurema se identificou com o som da outra América. Era a época do Black Power.

Mas até então Jurema não possuía consciência racial. Ainda nesse período, surgiram Bebeto e Jorge Ben, e a música negra brasileira se tornava popular e ultrapassava os limites do morro e do samba. No Andaraí, as festas eram grandiosas. As mais concorridas eram de uma família co-

Dona Sebastiana Arruda, fundadora do clube Renascença.
Coleção particular de Jurema Batista.

nhecida como "a família do fazendeiro". Era uma família de negros que se apresentava com trajes vistosos, e ser convidado para ir a uma festa deles era uma honra. Esta família marcou uma questão para Jurema: ser negro não impedia ninguém de ter bom gosto e de ser feliz.

É hora de se virar sozinha...

Para efetuar a matrícula e ingressar no segundo grau, atual ensino médio, Jurema precisava da assinatura da mãe. Porém, foi deixando o prazo passar e, no último dia, sem saber onde era a casa em que sua mãe estava trabalhando, ficou sem saída. O colégio João Alfredo, em Vila Isabel, exigia a presença do responsável. Chorando muito com os documentos na mão, ela comoveu a diretora, que assinou como sua responsável, mas avisou que, daí em diante, Jurema teria o compromisso de tirar boas notas em troca da confiança. Absorvendo este compromisso, Jurema se desdobrou como pôde, sempre tirando notas boas. Ela percebeu que, na verdade, o maior compromisso não era com a diretora, mas com ela mesma.

Seu êxito nas redações lhe serviu de destaque na escola, e, por conta de seu desempenho em literatura brasileira, foi aconselhada por uma professora a fazer faculdade de Letras. Considerou a ideia da professora um achado e, apesar de morar na comunidade do Andaraí, que nessa ocasião não tinha energia elétrica, Jurema iluminava sua visão de futuro com lamparina a querosene por noites a fio. Naquela época, não apenas Jurema, mas todos os moradores das comunidades cariocas conviviam com a falta de energia elétrica. Este fato traz à memória de Jurema um episódio interessante.

Durante uma briga numa festa na casa de Dona Sebastiana e seu Gumercindo, pais de seu namorado, Paulinho, alguém teria jogado o querosene fora e todos ficaram às escuras. Jurema lembra ter ouvido um grito de Leila, filha de dona Sebastiana, dizendo: "E agora? Jogaram o 'corosene' que meu pai comprou hoje fora e estamos sem luz!"

Dona Sebastiana, pessoa querida, foi uma referência, pois Jurema pôde perceber que, mesmo em uma família de hábitos simples, era possível compartilhar as refeições com todos sentados à mesa, usando essas ocasiões para a comunhão e a comunicação da família. Foi com dona Sebastiana que Jurema aprendeu que o pobre também pode ser educado e caprichoso com sua casa.

Ao término do ensino médio, Jurema ficou grávida de sua primeira filha, Viviane, e em 1979 prestou vestibular para o curso de Letras da Universidade Santa Úrsula. Conseguiu crédito educativo e um auxílio de um salário mínimo para custear seus gastos. Mas nem tudo foi fácil, e antes de ingressar na faculdade, Jurema trabalhou numa metalúrgica, tendo de sair para trabalhar às 4h30 da manhã e voltar para casa somente à noite.

Jurema lembra com graça que, em certa ocasião, saindo de madrugada e passando por um morador, cumprimentou-o, pois julgava que ele estivesse cochilando na descida do morro. Ao retornar para casa, soube da morte do vizinho e indagou: "Que horas foi isso?" E alguém afirmou que segundo os paramédicos o homem estava morto desde a noite anterior. Foi então que ela percebeu que sem querer cumprimentara um defunto. No escuro da madrugada, "todos os gatos são pardos", e os mortos podem estar vivos. Como muitas trabalhadoras, Jurema sentiu na pele o assédio que muitas mulheres sofrem na condução, durante o trajeto para casa. Uma vez, um homem se apresentou dizendo que pagaria sua passagem, e ela recusou. O homem insistiu, dizendo que a conhecia, e ao ficar olhando para ela com persistência, Jurema percebeu o assédio. Ela pagou a passagem e sentiu-se acuada com o olhar perseguidor daquele passageiro que, aborrecido pela recusa, passou a lhe fazer ameaças. Quando relatou para a mãe o acontecido, dona Raimunda mandou que Jurema pedisse demissão da fábrica. Jurema então passou a dar aulas em casa e, neste período, ingressou no curso universitário.

Sempre auxiliada pela família, contou com os préstimos da irmã, Luciana, para cuidar de sua filha Viviane. Ela reconhece que sem essa ajuda sua vida não seria a mesma e que, como em um ritual de passagem que acontece nas famílias matriarcais, o bastão foi então passado para Luciana, e agora caberia a ela cuidar da prole para que Jurema ganhasse o mundo.

CAPÍTULO V

Lembranças sem fotos: o que a água não levou

Mesmo sem fotos ou registros documentais, Jurema retém imagens em sua mente que servem como fio condutor para compreender sua trajetória. Lembra-se de que quando estudava na escola Panamá, no bairro do Grajaú, percebia que as crianças negras formavam uma minoria, e mesmo no discurso de aparente igualdade, elas pareciam não estar presentes. Outra lembrança é o paradigma que muitas vezes norteou a ideia de que ser mulher negra da comunidade é ser mais forte, não ter fragilidade, ter de trabalhar mais do que as brancas, ter de saber carregar água na cabeça, ter de saber sambar mesmo sem talento, ser presença lúdica e sensual mesmo sem querer.

Jurema nunca se viu assim, e não aceitava um papel pronto para si nem para os outros. Sempre acreditou que cada um pode construir sua própria história, seu próprio trajeto.

Pode-se fazer o que se quiser desde que se tenha um sonho. Jurema tocou pandeiro, mas também tocou piano. Cantava samba, mas sabia tocar música erudita. Nunca aceitou que sua vida fosse uma página em branco a ser preenchida pelos outros. Aprendeu a ler num quarto de empregada, mas não se resignou a perpetuar a sina de sua mãe.

Como os negros escravos recolheram as sobras e criaram a feijoada, Jurema aproveitava cada sobra da vida para construir seus sonhos. E assim os livros que escapavam do acervo do patrão e iam parar no quartinho de empregada eram lidos com voracidade por aquela menina, que tinha fome de viver.

Recusando-se a assumir o estereótipo da mulher negra que tinha de ser forte e servil, reconhecia as próprias fragilidades e as de todas as mulheres, e recusou a herança escravocrata que justificava a servidão no discurso pronto de que o negro é mais forte e, portanto, o que faziam não era exploração física, mas uma aplicação prática de uma disposição genética.

Acostumada a ver a fileira de pessoas subindo o morro com latões de água, Jurema se acostumou com sua escassez. A água era algo precioso para as comunidades do Rio, e era tratada com todo o cuidado para que não houvesse desperdício. Às vezes, uma bica inaugurada por um político oportunista era a salvação e a garantia do banho, da louça e da roupa lavada. Anos mais tarde, ela se surpreendeu quando se deu conta de que mesmo não sofrendo mais com a escassez de água, tomava banhos rápidos, fechando o chuveiro apressadamente. Percebeu que a lembrança da escassez a perseguia. Um dia, disse para si mesma: "Jurema, você não precisa mais ficar com medo da falta de água. Abra o chuveiro e vá tomar banho."

Acossada pelo pensamento da culpa, ela dialogou com sua voz interior sobre a escassez da água no planeta, era o retorno da culpa que hoje percebe nos discursos ecológicos dos países ricos, pois estes insistem que a preservação dos recursos naturais deve começar pelos países mais pobres.

A escassez da água faz também a vida de quem não a tem se tornar mais seca e árida. No deserto, existem cactos em abundância. Eles retêm o líquido precioso em seu interior, e foi assim, na escassez, que Jurema viu nascerem seus sonhos.

Nasce Jurema Guerreira

Apesar do preparo acadêmico, Jurema ainda não tinha uma percepção combativa em relação ao racismo. Ela começou a dar aulas em um curso patrocinado pela Fundação Roberto Marinho, e a rádio e os jornais da fundação eram disponibilizados para que ela pudesse trabalhá-los com os alunos. Parecia que seu destino era mesmo o magistério, mas um tiro mudou seu futuro.

Laurimar, um morador negro e trabalhador, confundido com um marginal, perdeu a vida assassinado pela polícia. Ele caiu ao lado de sua marmita. No dia seguinte, ao lecionar, Jurema adotou como tema da aula a palavra "vida". Os alunos questionaram que "vida" era essa, pois pessoas como Laurimar sequer tinham defesa. Sendo julgado antecipadamente e morto sumariamente por quem lhe devia proteger. Os alunos queixosos diziam que no morro não havia vez, no morro não havia voz.

Numa culminância de fatos que parecem costurar seu destino, Jurema assistiu a um debate na faculdade, com Lélia Gonzalez e Carlos Alberto Medeiros. Inicialmente, recusou-se, pois considerava a discussão racial radical e sem propósito. Porém, com a insistência do colega Hermógenes, Jurema participou daquele debate e, segundo ela, foi um divisor de águas em sua vida.

Foi nesse tempo que Jurema começou a ter uma percepção crítica sobre o racismo. Neste processo, entendeu o que significava ser chamada de macaca ou tiziu. Entendeu também o motivo de sua mãe ser empregada doméstica e de os negros terem os piores empregos. Com o método de Paulo Freire, Jurema utilizava suas aulas para que os alunos compreendessem que o aprendizado da escola precisava fazer sentido para ressignificar a própria vida. A este momento Jurema chama de "batismo de fogo". A morte de Laurimar, confundido com um bandido por ser negro, foi a alavanca para que ela ingressasse no movimento de militância da comunidade negra. Jurema tomou então contato com a literatura que fez a cabeça dos militantes dos direitos civis no Brasil, como, por exemplo, *Pele negra, máscaras brancas*, de Frantz Fanon, fez uma releitura de *Casa grande e senzala*, de Gilberto Freyre, leu Samora Machel e Agostinho Neto, e para seu arcabouço intelectual feminino leu *O segundo sexo*, de Simone de Beauvoir, e *Mutações*, de Liv Ullmann. Jurema abriu o verbo e nunca mais fechou a boca. Os filmes também mudaram e, com os amigos Isaurito e Jussara, começou a frequentar o Estação Botafogo, passando a perseguir todas as estreias de filmes engajados em sua luta. Data desta época o início de sua admiração por Spike Lee. *Faça a coisa certa* e *Febre na selva* são seus filmes preferidos.

Esta fase foi um período fértil, pois tratava-se da abertura política do país, com a volta dos exilados e um renascimento político e democrático após tanto tempo vivendo sob a ditadura. Ela lembra com emoção de uma reunião de que participou, e na qual esteve lado a lado com ninguém menos que Luiz Carlos Prestes, o lendário cavaleiro da esperança.

O primeiro casamento acabou, a vida seguiu e Jurema conheceu os bastidores das lutas pelos direitos humanos. Os sambas que contavam a história do Brasil embalavam a subida e a descida do morro da menina que se via então como uma guerreira do Andaraí. E foi cantando samba que Jurema resolveu se filiar ao partido que nascia do sonho dos trabalhadores e se tornaria mais tarde o maior partido de esquerda da América Latina. O PT (Partido dos Trabalhadores) fazia filiações na comunidade e, convidada por Zé Roberto, Jurema começou sua jornada partidária na associação de moradores, da qual foi presidente, e no departamento feminino da Unidos da Tijuca. Ela assumiu a presidência da associação por uma questão simples: os homens não queriam o cargo. E por ser universitária, falar bem e participar de atividades culturais da comunidade, as pessoas perceberam que seria a melhor porta-voz daquela população. A partir desse reconhecimento, começou sua luta para defender os interesses dos moradores do Andaraí.

Sem saber, Jurema iniciava uma jornada que se tornaria sua trajetória política.

Apesar de Jurema e Rosália terem ido de casa em casa procurando um homem para presidir a associação, todos deram desculpas, e disseram que perderiam principalmente a privacidade. Porém, elas entenderam que na verdade os homens se sentiam mais vulneráveis diante da principal luta das associações, que ia contra os desmandos policiais acontecidos nas comunidades. Jurema conta que, antes de a Associação de Moradores e Amigos do Morro do Andaraí

(AMAMA) ser fundada, elas procuraram os diretores da Associação de Moradores do Andaraí (AMARAÍ). Na época, o presidente, José Francisco, incentivou-as a criarem uma associação de moradores na comunidade, pois os problemas do bairro eram diferentes dos problemas da favela, e a principal reivindicação da AMARAÍ era uma praça, para a qual tinham até um slogan: Um bairro sem praça é um bairro sem graça. Já a luta dos moradores do morro do Andaraí era pelo direito à vida.

Nesta ocasião, muitas mulheres seguiram este exemplo, e ela cita que, na comunidade da Maré, a presidente era Eliane. Outra situação que reflete o espírito de guerreira que Jurema assumiu diante de sua comunidade foi a detenção de seu Antônio. Morador antigo da comunidade do Andaraí, seu Antonio foi detido arbitrariamente por não portar documentos. Jurema foi chamada e desceu como estava, descalça, e foi cobrar satisfações daquele ato injustificado. Indignados, os policiais deixaram seu Antônio e prenderam Jurema.

Seguiram fazendo-lhe sutis ameaças no carro. Ao chegar à delegacia, Jurema encontrou uma multidão que gritava: "Soltem a Jurema!" Ao ser solta, ouviu do policial: "Você se safou hoje, neguinha, mas só desta vez." Foi quando Jurema recebeu o nome de "Jurema Guerreira" — nada mais justo naquele momento, em que se via em todos os cantos do país a disposição das pessoas para acabar com a fase de opressão que já perdurava tanto tempo.

A explosão da bomba na OAB, a passeata das "Diretas Já", tudo isso formou um caldo que forjou a luta de muitas pessoas, e não passou despercebido por Jurema. Ela teve como companheiros Rosália e Eugênio Lira, o advogado loiro e de olhos azuis que foi a júri acusar os policiais pela morte de

Laurimar. Mais uma vez, Eugênio demonstrou para Jurema que a luta pela justiça iguala as pessoas que têm a mesma causa. Tempos depois, ela lamentou o falecimento do companheiro, morto no incêndio do edifício Andorinhas quando tentava salvar sua secretária.

Surgiu também nesta fase a amizade com Rizonete, que é até hoje uma linda mulher. Naquela época, era manequim, vivia sempre bem-arrumada e foi vice de Jurema na associação de moradores. Atualmente, Rizonete é advogada, e elas continuam amigas.

Junto com Lélia Gonzalez, Jurema fundou o Nizinga (Coletivo de Mulheres Negras) e foi indicada para representar o grupo no 1º Encontro Feminista Latino-Americano e do Caribe, no Peru. Mais tarde, ela e outras mulheres negras de comunidades tiveram divergências com a organização do mesmo encontro, quando foi realizado em Bertioga, no estado de São Paulo, porque o valor da inscrição era muito alto e limitava a participação de mulheres populares. Essas mulheres então se organizaram no Instituto de Pesquisas das Culturas Negras ou IPCN, coordenadas por Maria Alice dos Santos. As mulheres do Rio de Janeiro fretaram um ônibus e exigiram participação no encontro, atraindo a atenção da mídia, mas não foram compreendidas pela organização do evento, que nos últimos dias permitiu que apenas duas pessoas entrassem e levassem as reivindicações do grupo. Eram elas: Sandra Helena, que mora atualmente na Alemanha, onde dirige um restaurante de comida brasileira, e a própria Jurema Batista. Foi um momento muito triste em que as mulheres negras e pobres perceberam que a cor e a classe social as impediam de expressar sua voz em um evento tão importante. Foram acusadas de serem manipuladas pelo governador da época e de quererem na verdade

Jurema Batista na passeata comemorativa ao Dia Internacional da mulher, em março de 1988. Foto de Januário Garcia.

desmoralizar o encontro. As mulheres voltaram de Bertioga com a certeza de que se quisessem ter voz no movimento feminista teriam de ter uma organização forte o bastante para que as fizessem respeitadas. Surgiu assim o primeiro Encontro Nacional de Mulheres Negras, um marco e divisor de águas no movimento feminista. Agora não precisariam mais pintar uma mulher branca de negra, como na cabana do pai Thomaz, para caminhar na passeata. Agora as mulheres negras gritavam em alto e bom som: "Sim, nós pensamos!"

As vertentes do movimento negro eram diversas, pois se discutia a pobreza, a discriminação étnica e a violência.

Foi ainda nesse período que Jurema participou da criação do grupo Amigos Negros de Favelas e Periferia, e data também dessa época o primeiro Encontro de Mulheres Negras de Favela e Periferia, no qual foi criado o Centro de Mulheres de Favela e Periferia (CMUFP), cujos grandes expoentes foram Joana Angélica, Heloísa Marcondes e Vera Nery.

Nessa época surgiram os amigos Jorginho, Marcelo Dias, Edna, Heloísa e outros filiados ao IPCN; além de Suzete e Rosália, companheiras de todas as horas.

Jurema lembra que as mulheres negras discutiam como o olhar do homem negro também era discriminador, pois observavam que quando eles ascendiam socialmente não se casavam com negras. E ela se lembra da frase hilária de sua amiga Lili: "Eles tiram a branca do fogão, mas não vão tirar a negra da universidade."

Como num ataque narcísico, essa discriminação é uma negação de si mesmo. Um ataque à própria imagem e o desejo de integrar-se ao diferente para ser aceito. Como ser negro não era ser belo, o referencial de beleza feminino era o branco. No entanto, o homem negro era o reprodutor, o garanhão, o atleta sexual voraz, sempre pronto para atender os impulsos sexuais das mulheres brancas. É dessa época uma matéria amplamente divulgada de um grupo de jovens negros laçados com uma corda pela polícia, no subúrbio do Rio de Janeiro ("Corda no pescoço, uma imagem que lembrava as figuras de Debret"), que sinalizava claramente a forma discriminatória e vexatória com que os negros eram tratados no Brasil, como cidadãos de segunda classe.

Lutar então se tornava uma missão. Incansavelmente, ia onde podia: faculdades, comunidades, asfalto. Jurema se percebia entregando-se como voz daqueles que não eram ouvidos. Ao lutar pela vida de milhares de negros, via nessa luta a luta de sua própria vida, pois também sofreu na pele a crise de desejar ser diferente. O que é negar a si mesmo? Lembra-se de que ao entrar na universidade escondia os cabelos sob uma peruca. Usava roupas combinadas, de maneira similar ao estereótipo veiculado nas revistas. Assumindo uma postura ética e combativa ao racismo, Jurema passou a usar tranças e penteados étnicos e percebeu como era bonita. "Cabelo ruim que nada! Cabelo lindo, sim, senhor. Ser negro é ser lindo", ela pensou. Mudou por dentro e por fora, principalmente depois que começou a frequentar o bloco afro Agbara Dudu, que tinha como presidente Vera Mendes. Todos os anos Jurema participava das noites da beleza negra, às vezes como jurada, em outras como convidada, mas até hoje se arrepende de não ter concorrido ao prêmio da mais bela negra. Este momento de seu encontro com a autoestima foi muito importante, pois quando era pequena, em uma das casas que a mãe trabalhou, a patroa dava frutas para os filhos já descascadas e as cascas, dava para Jurema, e comentava: "Sua pele é bonita assim porque

Lembranças sem fotos: o que a água não levou 57

Jurema Batista em 1983, com 26 anos. Coleção particular de Jurema Batista.

você come o melhor da fruta, seus dentes são lindos assim porque você come todas as vitaminas da fruta. Jurema se perguntava o motivo de ela não dar o melhor para os próprios filhos. Quando começou com as idas e vindas aos nutricionistas para fazer dieta, Jurema tinha sempre um problema quando tinha de comer frutas, principalmente pela manhã. E sabe como ela resolveu isto? Comeu a fruta com casca e tudo, pois nessa época já tinha descoberto que a pele boa não estava na casca, mas sim na herança da Mãe África. E que herança!

A partir desse tempo, Jurema passa a ver tudo com critério. Cinema, música, novela. Que linguagem a mídia queria passar? A beleza inatingível, a beleza idealizada, a beleza do colonizador. Os negros da novela entravam mudos e saíam calados, ou eram serviçais, prontos para entender qualquer ato do homem branco como uma generosidade condescendente. Na década de 1980, Jurema prevê que o abandono das crianças pobres geraria um problema gigantesco no cenário urbano. Era o prenúncio do genocídio atualmente praticado em larga escala pela força policial. As crianças e adolescentes que vislumbravam na telinha o que se via apenas no asfalto desceram o morro para conferir e encontraram a morte.

A farsa televisiva que se materializa em tragédia para os mais pobres mostra claramente que vivemos num *apartheid*. O nosso racismo escondido e camuflado não nos permite enxergar que em cada canto é possível identificar que o *Soweto*[1] é logo ali. Hoje, embaladas pelas músicas que coisificam as meninas como objetos sexuais, as comunidades

---

[1] Referência ao bairro sul-africano onde começou o movimento pelo fim do *apartheid*.

reproduzem a discriminação contra a mulher como objeto de satisfação sexual, o que demonstra um retrocesso na luta pela defesa dos direitos das mulheres.

Zuenir Ventura escreveu *Cidade partida*, um nome oportuno para responder à hipocrisia da existência de um Estado de Direito. Jurema ouviu várias vezes de Lélia González, e tomou como verdade, que o negro só incomodava quando escolhia o próprio destino. Quando o negro escolhe o lugar que quer ter, aparecem as restrições e as desculpas. Quando combatia com veemência o racismo, Jurema cansou de ouvir "Companheira, não é por aí", mas, em seu íntimo, ela dizia: "Quem sabe de negro é negro, quem sabe de mim sou eu." Outra Jurema foi nascendo, por dentro e por fora. Sempre aguerrida, mas sem perder a ternura, por todo o Rio, mas com o Andaraí no coração.

Do barraco para a alvenaria, do morro para o asfalto, Jurema seguiu construindo um caminho de conquista para sua comunidade.

O dia em que o Andaraí viu a luz

As comunidades do Rio de Janeiro não tinham luz elétrica e os moradores tinham de se contentar em viver restritos, sem o conforto que deveria ser comum a qualquer cidadão. Privados de energia, não podiam ter geladeira, não podiam ter ventilador e o radinho tinha de ser a pilha. Jurema esteve inúmeras vezes diante da prefeitura, à frente de uma caravana de moradores, para reivindicar luz para o Andaraí. A concessionária de energia elétrica encomendou uma pesquisa para estimar a capacidade de pagamento dos moradores. A pesquisa demonstrou que os mais pobres eram os melhores pagantes, e esse resultado tinha vindo de uma grande rede

Caminhada no morro do Andaraí.
Coleção particular de Jurema Batista.

de lojas, cujos clientes mais criteriosos e com os pagamentos em dia eram os moradores de favelas. O maior bem de um pobre é o seu próprio nome.

Então, como projeto piloto, resolveu instalar a luz elétrica no Andaraí. Foi uma festa. Os moradores eufóricos foram chamados para batizar as ruas, pois, com a chegada da luz, passariam a ter endereço. Foi com muita emoção que Jurema viu uma travessa do morro do Andaraí ser batizada com o nome de sua mãe, Travessa Raimunda Astrogilda.

Com a voz embargada, ela lembra que, ao descer do ônibus na rua Paula Britto, viu os pontinhos iluminados no morro do Andaraí. Era a primeira conquista de sua missão. Para Jurema, ver o morro todo iluminado não tinha preço. O Andaraí finalmente iluminado! Foi a primeira comunidade do Rio de Janeiro a receber luz elétrica. Nunca mais precisariam de querosene para a lamparina, nunca mais haveria incêndios nos barracos, nunca mais crianças com a visão prejudicada deixariam de estudar porque não tinham luz. Dia inesquecível. Eita dia abençoado!

A concessionária espalhou o projeto para outras comunidades e Jurema era chamada, junto com outros companheiros, para explicar como tinha conseguido concretizar esta conquista.

A filha do Andaraí que adquiriu luz própria fez questão de que seu berço também fosse iluminado.

A chegada da luz extinguiu uma série de crenças. Eram frequentes as histórias de que no morro existiam assombrações. A luz espantou o lobisomem, o curupira, e tornou mais interessante ver as assombrações da janela do vizinho, que tinha televisão. Os ataques sexuais que aconteciam com regularidade passaram a ser cada vez mais escassos com a iluminação no morro.

Com tristeza, Jurema relembra um caso em que uma estudante teria sido atacada e morta por um maníaco que teve o intento facilitado pela falta de iluminação. Mulheres que retornavam do trabalho eram alvos fáceis para meliantes e maníacos sexuais, pois estes se aproveitavam da escuridão para atacá-las. A luz trouxe dignidade, conforto e segurança. Somente quem nunca teve luz elétrica em casa sabe o que significa ver a vida mudar pela possibilidade de fazer funcionar um simples interruptor. Mais do que qualquer político que visitava ocasionalmente o morro, Jurema sabia o que isso queria dizer e, por esse motivo, a conquista da luz elétrica fez tanto sentido para essa mulher vencedora criada à luz de lamparina.

Como uma itinerante no projeto de instalação de luz em outras comunidades, Jurema relembra a comunidade do Cruzeiro, onde também participou da experiência, junto com o companheiro Marcelo Dias. A vida nunca mais seria a mesma no Andaraí e em outras comunidades, que a partir daquele momento se tornaram visíveis por meio dos pontinhos luminosos vistos do asfalto.

A creche Winnie Mandela

A segunda luta de Jurema foi o projeto de criação de uma creche para atender as mães que precisavam ter os filhos assistidos para poderem sair para trabalhar. A luta pelo ingresso no mercado de trabalho é uma necessidade de sobrevivência e, por essa razão, muitas mulheres apresentam dificuldades para prover suas famílias pela incapacidade do Estado em suprir uma demanda já prevista nos direitos constitucionais.

Jurema sabia bem o que era isso, pois, como mãe, sempre precisou do auxílio da família para cuidar de suas filhas en-

Lembranças sem fotos: o que a água não levou **63**

Encontro da Comunidade negra no Copacabana Palace.
Na foto: Jurema Batista em pé, Winnie Mandela e Nelson Mandela sentados.
Coleção particular de Jurema Batista

quanto estava na luta por sua própria sobrevivência. O ingresso de mulheres no mercado de trabalho sempre foi visto como uma conquista da classe média, mas, na verdade, desde o tempo da escravidão, mulheres pobres ou escravas sempre trabalharam e, no entanto, nunca tiveram seus filhos assistidos enquanto exerciam suas atividades. Conhecedora da questão, por meio da associação dos moradores e dos comitês femininos, Jurema passa a reivindicar a construção de creches comunitárias que fossem espaços educativos e de proteção para crianças de baixa renda.

Havia uma discussão sobre se a creche não deveria ser no local de trabalho, mas como ficariam as mulheres que não trabalhavam em espaços como fábrica e indústrias? As empregadas domésticas, ambulantes e trabalhadoras autônomas seriam prejudicadas se a resolução fosse conduzida dessa forma. Além disso, é muito melhor para uma criança ter o seu espaço educativo na comunidade onde reside. E a creche seria usada inclusive para fortalecer os laços familiares. Com o patrocínio da Secretaria Municipal de Desenvolvimento Social (SMDS) e após inúmeras reuniões no Circo Voador, a primeira creche foi inaugurada na comunidade do Borel, e após algum tempo o Andaraí foi contemplado. E, assim, no governo Marcelo Alencar, depois de três anos de luta, Jurema viu sua segunda conquista: a creche Winnie Mandela, numa homenagem à grande companheira do ativista sul-africano Nelson Mandela. A creche recebeu o nome pomposo de Centro Comunitário Winnie Mandela.

Ainda com o sonho de ser professora, Jurema presidia a associação de moradores e seguia em defesa da comunidade sem jamais corromper a sua luta. Diante desse compromisso, lembra-se de quando um político oportunista quis inaugurar uma ligação clandestina de água e, indignada, ela interrompeu a inauguração. Não é de hoje que políticos pedem voto em troca de bicas de água, Jurema já conhecia essa história.

Em outra ocasião, um político igualmente oportunista mandou levar alguns canos de PVC em troca de votos. Uma semana antes da eleição, ele recolheu os canos, e literalmente sumiu depois da eleição. Neste caso, o que fez foi dar um cano na comunidade.

Investidas guerrilheiras

Jurema nunca gostou muito de discurso, e impelida pela radicalidade política própria da época, considerou a possibilidade de integrar o treinamento de um grupo armado no Oriente Médio. Porém, como funcionária pública, precisava de uma autorização de dispensa para a viagem. Muito sensato, seu chefe a aconselhou a desistir da ideia. O grupo ao qual estava ligada se chamava PTPT. O chefe a aconselhou a repensar uma atitude tão radical. E Jurema desistiu, o que lhe valeu não somente a vida, mas também a garantia de continuar no partido, pois os companheiros que aderiram a ideia foram posteriormente desligados.

Naquela época de redemocratização não havia mais espaço no Brasil para a concepção de luta armada. Enfim, a sensatez venceu. Entre suas atitudes radicais, lembra-se de que numa greve geral tinha como missão participar do grupo que organizava boicotes aos transportes coletivos. Fazendo correntes humanas, ela e seus companheiros deitavam no chão e impediam a saída dos ônibus das garagens do Andaraí. Era a única mulher do grupo. Jurema virou símbolo do comitê de greve. A única da corrente dos suicidas ideológicos. O que entendia, e no que ainda acredita, é que se o povo tivesse consciência de que é a maioria facilmente alcançaria seus direitos.

Apesar de suas ações radicais, nunca agia por impulso, mas por ideais. Fazia o que acreditava e jamais recuou quando convidada a participar de uma luta cuja causa final era a melhoria das condições de vida e a garantia dos direitos humanos.

CAPÍTULO VI

Jurema mãe

Entre fraldas e livros, Viviane acompanhava Jurema à universidade quando era preciso. Seis anos depois, com a chegada de Dandara e Nianuí, Jurema aproveitava até mesmo os momentos em que as meninas viam televisão para mostrar a ausência de apresentadores negros na TV. Bonecas negras também não existiam. Apenas na Alemanha Jurema conseguiu comprar uma Barbie negra. Numa clara contradição, um país europeu, de minoria negra, tinha uma boneca negra para venda.

Os nomes de suas filhas refletem as fases de sua vida. Viviane foi escolhida por ser semelhante à palavra "vida", e Dandara e Nianuí são princesas africanas, o que retrata sua militância pela cultura negra.

Viviane é advogada e exerce com êxito o seu trabalho. Dandara é jornalista e está sempre atenta aos fatos. Nianuí, como assistente social, espera usar sua profissão como instrumento na luta pelos desfavorecidos.

Elis Jurema, Nianuí, Jurema Batista, Dandara e Viviane.
Foto de Alice Moreira.

Apesar das lutas, Jurema não se considera uma mãe ausente, mas admite que muitas vezes se sentiu arrependida por não desfrutar durante mais tempo da companhia das filhas.

Dandara e Nianuí foram companheiras de peito. O peito de Jurema! Dandara chegou em plena luta pela consciência negra. Dandara foi batizada assim por causa do quilombo. Dandara é um nome que veio da África — Dandara linda. Não demorou muito e chegou Nianuí, e em pouco tempo Jurema não era apenas mãe de uma, mas de três filhas.

Se com Viviane Jurema inaugurou a maternidade, com Dandara e Nianuí vivenciou de perto a luta diária de milhares de mães que precisam de auxílio e amparo para cuidarem de sua prole enquanto trabalham.

A chegada de Nianuí deixou em Jurema a certeza de que o descaso dos profissionais de saúde atinge com uma frequência muito maior a população desfavorecida. Sofrendo muito durante o trabalho de parto, Jurema viu suas dores serem ignoradas diante das frases "Ora, mais o que é isso, uma negona dessa chorando!?" Ou seja, negro pode aguentar dor. Depois do suplício do parto e de dores insuportáveis, a criança nasceu e, como era de se esperar, ficou clara a negligência médica. Mais tarde, já militante do movimento de mulheres, Jurema conheceu a ativista e doutora Jurema Werneck, fundadora da Ong Crioula, que além de denunciar a esterilização em massa feita em mulheres negras e pobres, principalmente no Nordeste, também denunciava o tratamento desigual que as mulheres negras recebiam na maternidade, como levarem menos toques para a verificação da dilatação, ou a menor quantidade de anestesia que lhes era fornecida.

As sequelas do mau atendimento apareceram com a clavícula quebrada da criança. Uma situação muito clara de que os hospitais públicos ainda necessitam de humanização. Após os procedimentos, a vida de Nianuí seguiu normal até um período da infância em que chegaram as crises de bronquite. O mesmo mal que atingira Jurema na infância atingiu Nianuí. Foram dias difíceis, noites em claro, o dia amanhecia e, como muitas mulheres, Jurema levantava e ia trabalhar. Enquanto isso, Dandara crescia saudável, independente e feliz. Hoje, Jurema tem essa impressão sobre a relação que estabeleceu com as filhas. O filho saudável se sente desamparado e desprotegido e reclama dos cuidados excessivos com o que está doente. A relação que tem com as filhas demonstra claramente a percepção materna de quem nutriu culpa por se entregar tanto à luta de sua causa e permanecer tantas horas longe de casa, com os finais de semana ocupados, sem férias, sem descanso. Jurema sabe que deve muito à sua família a possibilidade de ter conquistado seus ideais. As queixas por sua ausência lhe tocavam a alma, mas ela sabia por que partia, e suas filhas também.

Marcada pela presença de uma mulher tão forte como dona Raimunda, Jurema cresceu numa família de mulheres que, apesar de frágeis, nunca fugiram da luta, e ela sabia o quanto muitas delas dependiam da sua luta. Viviane, advogada, Dandara, jornalista, e Nianuí, assistente social, representam a conquista de uma mulher que compreende que o entendimento da vida não pode ser percebido pelo outro, mas por si mesmo. E ela fez questão de passar esta lição para as filhas.

A pobreza jamais pode significar a desistência de um sonho, de um projeto, de uma conquista. Jamais se deve recuar quando se acredita num sonho. Jurema, lembrando as noites em claro à luz de lamparina, olha para trás e sabe que sua luta não foi em vão. Está bem ali de frente para ela, quando olha para o morro do Andaraí.

As descidas do morro, as correrias no meio da noite para atender às filhas doentes, aos companheiros da comunidade, a quem quer que lhe pedisse ajuda, desenvolveram em Jurema a compreensão de que ela não era única, mas a representante de um grupo de mulheres que, sendo maioria, nunca se esconde, que enfrenta a vida.

O período de amamentação é recordado com muita alegria. Obrigada a dividir os seios entre Dandara e Nianuí, ao final do dia Jurema dividia o colo, o afeto e o alimento entre as duas filhas. Com o crescimento delas surge a grande dúvida: Onde estudarão? Com as já conhecidas críticas sobre a escola pública, Jurema, como toda mãe, quer oferecer o melhor para as filhas. Apesar de respeitar e lutar pelo ensino público, reconhece que infelizmente já naquela época as escolas públicas sofriam com o abandono e não ofereciam a estrutura necessária para um ensino de qualidade. E não por causa de seus profissionais, mas por conta dos anos em que a educação pública deixou de ser prioridade nos projetos políticos de longo prazo.

Matriculou as duas filhas numa escola confessional católica, até que Dandara sentenciou: "Não quero mais estudar em escola particular", e foi estudar na escola Lourenço Filho, onde vivenciou experiências muito boas.

Jurema vê com satisfação que a semente plantada por dona Raimunda dá frutos que hoje ela colhe através de Viviane, Dandara e Nianuí. Tendo sido a primeira a concluir o curso universitário na família, viu depois Viviane formar-se em Direito, em seguida, Dandara, em Jornalismo, e Nianuí foi a quarta, formando-se em Serviço Social.

Jurema vê com orgulho que seu maior investimento foi a formação educacional de suas filhas. O que Jurema sempre quis para elas foi que percebessem que é preciso construir uma história da qual se tenha orgulho. Refere-se a si mesma e às filhas como as "Batistas", um nome construído a sangue e suor.

O nome que o pai adotou, que veio batizar Jurema Batista, é que a fez mergulhar e emergir assim como João Batista. O ciclo feminino foi acrescido de Elis Jurema, filha de Viviane e netinha de Jurema. Numa alusão à cantora Elis Regina e em homenagem a avó, Elis Jurema Batista é a síntese da alegria da família.

Se Nianuí teve a clavícula quebrada, Dandara teve a moleira aberta. Ah! A maternidade traz alegria, mas também muitas dores. E Jurema sabe disso. Essa família de mulheres fortes começou com Ardana, a índia, Rosa, Raimunda e Jurema.

Jurema, como mãe, se identifica com a dor de muitas mulheres que veem seus filhos destruídos pela violência urbana. Perder o filho por uma bala perdida ou para o tráfico é igualmente triste. A dor da mãe é igual em cada um dos casos. Não há palavras para traduzir o sofrimento de se enterrar um filho. Para Jurema, um adolescente que foi morto por causa do tráfico começou a morrer antes. Morreu quando não teve oportunidades melhores, morreu quando não teve uma educação de qualidade, morreu quando perdeu a esperança.

Ao ver tantas mães chorando pelos filhos, Jurema sabe que se trata de uma terrível dor. Não é preciso perder um filho para saber disso. Gerar um filho é o suficiente para temer perdê-lo sob qualquer circunstância. Como toda mãe, Jurema tentava conciliar as tarefas diárias e a atenção às filhas. E não foram poucas as vezes em que ficaram em recuperação na escola. Quando isso acontecia, Jurema dizia também estar em recuperação. Desmarcava os compromissos na agenda só para estar com elas. Em caso de reprovação, sentia-se também reprovada. Para disciplinar as filhas, jamais fez uso de violência física. Sempre considerou esse recurso desnecessário. Nunca faltou disciplina e o nome lembrado toda vez que alguma coisa acontecia era o de Siro Darlan, o grande defensor dos direitos das crianças e dos adolescentes. O tempo se encarregou de num futuro próximo os dois se encontrarem em muitas ocasiões. O juiz citado é para Jurema uma referência de respeito e legitimidade quando se fala de crianças e adolescentes. Jurema é uma mãe orgulhosa de sua prole, e suas filhas reconhecem isto.

CAPÍTULO VII

Por um mandato popular

Incentivada pelos companheiros de partido e de sua própria comunidade, Jurema aceitou ser candidata a vereadora pelo Partido dos Trabalhadores e venceu seu primeiro pleito. Isso foi em 1992. Ela lembra que os parcos recursos a colocavam numa disputa desigual em relação a outros candidatos financiados por ricas campanhas. Seu quilombo-móvel, um Chevette que vivia apinhado de gente e de material de campanha, ficou conhecido na mídia de forma folclórica. Ao ser indagada por um repórter sobre a quantidade de carros que compunha sua frota de campanha, Jurema respondeu: "Frota? Que frota? O que eu tenho é o quilombo-móvel".

O resultado da eleição foi cercado de muita expectativa. Nesta primeira eleição, o voto ainda não era eletrônico. E quando o resultado veio, a comunidade do Andaraí fez uma festa. Fogos de artifício, choro e muita alegria. Na verdade, as festas se espalharam por várias comunidades, a festa foi para além do Andaraí. Jurema reconhece que esta vitória foi o resultado de todo o seu trabalho de muitos anos e das pessoas que a acompanhavam e que queriam tê-la na Câmara Municipal, como, por exemplo, seu amigo Paulo César — PC para os íntimos —, e sua amiga Kênia, que emprestou o apartamento onde aconteceram as primeiras reuniões com formadores de opinião. Jurema reconhece também que ao fazer uma aliança com o deputado Carlos Santana ampliou a sua possibilidade de vitória, pois ele a levou para o seu reduto eleitoral na Zona Oeste do Rio de Janeiro. Coube ao seu assessor, Juarez Barrozo, representá-lo na coordenação da campanha de Jurema. Depois, Juarez veio a se tornar seu amigo pessoal, compartilhando suas alegrias e tristezas.

É com orgulho que ela lembra que este mandato foi dividido na Câmara com notáveis companheiros, como Augusto Boal, artista de vanguarda que criou o Teatro do Oprimido, além de Jorge Bittar, Antonio Pitanga, Eliomar Coelho, Sérgio Cabral — pai —, Adilson Pires, Edson Santos, Lyzaneas Maciel e Maurício Azedo. Eram poucos, mas faziam muita diferença. Jurema quebrou um paradigma. Era mulher, de comunidade, de origem pobre e negra. Faziam barulho, não eram conduzidos pela mídia e claramente demonstravam sua opinião. Para Jurema era bonito ver companheiros com tanto ardor pelos interesses populares. Sentindo-se porta-voz da cidade do Rio de Janeiro, ela se empenhou na causa do combate ao racismo, na defesa das mulheres e na luta pelos direitos humanos. Isto fez com que ela se identificasse com as minorias, com os imigrantes nordestinos, as mulheres, os homossexuais e os moradores das comunidades.

Como não era comum haver vereadoras negras, ao entrar em seu gabinete uma eleitora perguntou pela vereadora. Quando se identificou, Jurema percebeu que a eleitora fi-

Foto para a campanha eleitoral de 1992, quando Jurema foi eleita vereadora. Coleção particular de Jurema Batista.

cou admirada por haver uma vereadora negra no Rio de Janeiro. A primeira vereadora negra foi Benedita da Silva, eleita em 1982, e só dez anos depois a Câmara receberia outra mulher negra, Jurema Batista. Ela diz que Benedita acabou se tornando um espelho para todas as mulheres negras, pois, a partir daí, viram a possibilidade concreta de se fazer representar. Para Bené, assim chamada carinhosamente por Jurema, foi mais difícil ser aceita em um lugar onde as pessoas são chamadas de Vossa Excelentíssima, mas para Jurema também não foi nada fácil.

Nesse mandato, coube a Jurema a defesa pela manutenção da feira nordestina no bairro de São Cristóvão. Chiquita e Agamenon foram procurar Jurema porque foram ameaçados, junto com seus companheiros, de serem desalojados de São Cristóvão e levados para a Barra da Tijuca. Jurema soube pela mídia dessa mudança e entendeu que a Barra da Tijuca não seria um bairro identificado com este grupo. Empenhada em atender a esta demanda, fez de seu gabinete uma trincheira de luta pela permanência da feira de São Cristóvão.

Na ocasião alegava-se que a presença da feira causava transtorno e mal-estar devido à maneira com que se organizava. Então, com seus companheiros de gabinete, Jurema estruturou um *lobby* para defender os companheiros imigrantes que queriam a garantia de um espaço de fácil acesso para os nordestinos moradores da cidade.

Sua estratégia deu certo. Os companheiros da feira montaram suas barracas no entorno da Câmara com aperitivos da culinária nordestina, eventos artísticos e a participação de artistas famosos, entre eles o cantor Fagner. A causa foi abraçada pela Câmara dos Vereadores e, finalmente, no governo César Maia, o espaço foi organizado, recebeu infraestrutura e hoje é um patrimônio cultural da cidade.

Jurema sente orgulho de ter participado da luta de seus irmãos nordestinos. Irmãos de luta. Apesar de não ter origem nordestina, entende a luta e o empenho que norteia a vida dessas pessoas. Lamenta que muitos barraqueiros que trabalhavam de forma artesanal hoje não possam ocupar um espaço na feira por questões burocráticas, o que de certa forma invalida sua ideia original.

Jurema sempre atendeu seus eleitores com respeito, e não como pedintes.

As lutas também trazem perdas

Dois episódios trágicos marcaram a cidade do Rio de Janeiro no início da década de 1990, que foram a chacina de Vigário Geral e a chacina da Candelária. Sobre o primeiro episódio, Jurema lembra que no meio da noite recebeu um telefonema de Naildo, seu companheiro, que lhe dizia que algo estranho estava ocorrendo na favela, pois havia muitos gritos e tiros. Jurema telefonou para Ivanir dos Santos, que resolveu telefonar para Benedita da Silva, e rapidamente ficaram sabendo que houvera uma chacina. Ao amanhecer, Jurema chegou à comunidade e se deparou com aquela barbárie, e resolveu se empenhar pessoalmente para a punição dos que praticaram aquela terrível violência.

Naquela época, as mortes ocorridas nas favelas não se tornavam notas frequentes nem chamavam atenção em jornais. Mas a quantidade de pessoas mortas naquele episódio era brutal demais para que passasse despercebido. Devido ao seu empenho, Jurema foi ameaçada por telefonemas, nos quais diziam saber seus horários e prometiam retaliação a sua família. Mas ela não recuou, e até hoje não se arrepende. No parlamento, adquiriu um hábito: homenagear anônimos que no cotidiano lutam por um Brasil melhor e, em datas significativas, como 8 de março, Dia Internacional da Mulher, 13 de maio, Abolição da Escravatura, e 20 de novembro, Dia da Consciência Negra, entregava medalhas para cidadãos que deveriam ser reconhecidos por serem guerreiros desconhecidos e, assim, ganhar visibilidade.

Jurema lamenta com pesar a perda de dois companheiros de jornada, Hermógenes e Reinaldo. O primeiro era historiador e escritor, o segundo, advogado. Ambos eram seus assessores parlamentares e foram assassinados numa situação nebulosa, no subúrbio do Rio de Janeiro, de forma covarde e por um motivo torpe. O assassino confesso declarou que haviam mexido com sua mulher. Na ocasião se comentou a possibilidade de suas mortes serem uma retaliação pelo empenho de ambos na investigação da chacina da Candelária.

Quando já estavam de partida, dentro do carro, morreram sem chance de defesa e se tornaram símbolos da brutalidade cometida a inúmeros cidadãos que sofrem com a violência todos os dias em nossa cidade. Eles, que tanto defendiam o direito pela vida, perderam as suas numa situação até hoje não esclarecida.

Viagens internacionais

A convite da Federação Israelita do Estado do Rio de Janeiro (FIERJ), Jurema foi convidada a visitar Israel. Seus companheiros de viagem foram Sílvia Poppovic, Leilane Neubarth, Jorge Bittar e o jornalista Cataldi. Essa experiência foi arrebatadora para Jurema. Numa análise comparativa ao tomar

Por um mandato popular **81**

Sepultamento de Reinaldo e Hermógenes.
Coleção particular de Jurema Batista.

conhecimento das atrocidades ocorridas no holocausto, compreendeu que o genocídio étnico não se restringe aos africanos. A violência dos direitos humanos contra qualquer grupo étnico é a demonstração clara do quanto é possível se tornar primitivo apesar de uma sociedade ter todo o aparato e a estrutura civilizatória.

Quando conheceu Israel, Jurema teve a mesma experiência de Malcolm X ao visitar Meca. Malcolm, radical defensor da minoria negra norte-americana, percebeu que é possível haver fraternidade em grupos étnicos de origens diversas. A fraternidade inclusive só é real se compartilhada entre os diferentes. Jurema compreende mais ainda que a luta dos judeus, a diáspora sofrida por este povo, é parecida com a diáspora do povo africano. O povo judeu, que sempre lutou pela liberdade, é um símbolo para outros povos que apresentam o mesmo clamor.

Ao retornar ao Brasil, Jurema é procurada por um sobrevivente do holocausto, Sr. Alexander Laks, que lhe sugere que o município tenha um dia para lembrar o ocorrido. E, assim, Jurema se torna a autora da lei que instituiu o dia 19 de abril como o Dia de Lembrança do Holocausto, data em que os judeus se lembram do Levante de Varsóvia, a resistência judaica ocorrida na Polônia durante a invasão nazista.

Dez anos depois, a ONU (Organização das Nações Unidas) elegeu um dia para a lembrança do holocausto. Jurema se orgulha de ter se antecipado. Essa aproximação com a comunidade judaica lhe trouxe reconhecimento e, por isso, ela foi homenageada pelo Estado de Israel como uma das cem pessoas que lutaram por sua causa.

Numa viagem à Alemanha, visitou um campo de concentração e tomou conhecimento de que as atrocidades cometidas não se restringiam apenas à etnia judaica, mas aos ci-

Dandara Batista, Jurema Batista, Alexander, Laks e Viviane Batista. Coleção particular de Jurema Batista.

ganos e aos homossexuais, que eram identificados com um triângulo na pele. Participou também de reuniões com movimentos sindicais femininos, a convite de sua amiga Anna Lúcia Florisbela, para fazer um intercâmbio entre trabalhadoras alemãs e brasileiras. Essa viagem gerou um trabalho com o morro do Andaraí. Anna Lúcia, que é brasileira e também cidadã alemã, conseguiu junto ao parlamento de Darmstadt um apoio para que fosse desenvolvido um projeto com as crianças do Andaraí. Essa foi uma viagem com um propósito. Dessa viagem surgiu um livro que fala sobre a experiência das mulheres brasileiras (publicado na Alemanha sob o título *Fraven in Brasilien* e em inglês, *Women in Brazil*).

Em Pequim, na China, representou a Câmara Municipal do Rio de Janeiro e, consequentemente, o Brasil, numa conferência de mulheres em que se discutiu a importância de ações afirmativas para a mulher chegar ao poder. O Brasil foi signatário da Carta de Pequim, resultado desse encontro, fazendo surgir o projeto de lei que garantiu 30% de mulheres nas listas partidárias. Aqui no Brasil o projeto foi aprovado com o empenho das deputadas Marta Suplicy e Jandira Feghali e de outras mulheres da "bancada do batom". Jurema também participou da III Conferência Mundial de Combate ao Racismo, Xenofobia e Intolerâncias Correlatas, promovida pela ONU. Nesta conferência, o Brasil tinha a maior delegação, e sua presença foi significativa, pois dela partiu a exigência de se declarar a escravidão como um crime de lesa-humanidade. Ao chegarem ao Brasil, os militantes que participaram da conferência tiveram mais forças para lutar por ações afirmativas, pois o governo brasileiro também foi signatário do acordo. Jurema estava lá!

Por um mandato popular **85**

III Conferência Mundial de Combate ao racismo, xenofobia e Intolerâncias correlatas, em 2001. Caó, autor da lei que pune o racismo. Coleção particular de Jurema Batista.

Na Dinamarca, Jurema foi participar de um tribunal simulado de morte de crianças e adolescentes. Encontrou-se com os amigos Carlos Nicodemos e Wolner Nascimento, um dos primeiros a denunciar o extermínio de crianças no Brasil na década de 1980, e, junto com a juíza Tânia, de Caxias, acenderam luzes numa passeata na noite fria da Dinamarca, tentando talvez iluminar a mente dos governantes para que entendessem que, a cada criança que morre, um sonho morre junto.

Wolner e a juiza Tânia, que vivia perseguida por grupos de extermínio por também denunciar a violência contra crianças, já não estão mais entre nós. No entanto, suas memórias com certeza também nos impulsionam a lutar por aqueles que serão o futuro do Brasil, se conseguirmos cuidar do seu presente.

Jurema foi também à terra de Fidel para participar de uma conferência que tratava do direito dos trabalhadores no mundo. Não é preciso adivinhar o grupo do qual Jurema escolheu participar: o que tratava da desigualdade das mulheres no mercado de trabalho. Saiu de lá com uma convicção: o tratamento dado à mulher só muda de endereço, pode ser melhor de acordo com a economia e a cultura de um país, mas é sempre inferior ao tratamento dado aos homens.

Jurema viajou por duas vezes aos Estados Unidos. A primeira foi para fazer um curso de especialização em políticas públicas, e a outra foi a convite de um sindicato de trabalhadores para o King Holiday, aniversário de Martin Luther King, e participou da passeata, na cidade de Atlanta. Ela sempre se impressionou com o país que parava para o feriado nacional em homenagem a Luther King. Jurema visitou também uma igreja batista onde Luther King pregou vários de seus sermões, e também teve a oportunidade de falar no púlpito de uma dessas igrejas. Saiu de Atlanta achando que, um dia, Zumbi também seria herói nacional, e que o dia 20 de novembro passaria a ser feriado.

Depois de Atlanta, foi para Washington D.C., onde, a convite da amiga Alison, teve a oportunidade de ministrar uma aula na Universidade de Howard (universidade criada para negros) e ficou impressionada como os alunos conheciam a realidade brasileira. Alison é cidadã americana, mas estudou no Rio de Janeiro, na PUC, e, apaixonada pelo Brasil, sempre realiza intercâmbio entre seus alunos.

Essas passagens lhe garantiram o encontro com personagens ilustres do século XX, como Nelson Mandela e Fidel Castro. Além de figuras nacionais importantes, como Luiz Carlos Prestes, Leonel Brizola, Luiz Inácio Lula da Silva, Dom Mauro Morelli, Heloneida Studart, Abdias Nascimento, Lélia Gonzales e tantos outros que durante muito tempo foram para ela apenas referências de jornal e já alimentavam sua admiração.

Dando voz e vez a quem não é visto

Sempre atenta à luta das minorias, Jurema deu voz e vez a muitos. Procurava atender grandes e pequenos e, por conta dessa postura, um dia foi procurada por uma cabeleireira do subúrbio do Rio de Janeiro que teve seu alvará cassado injustamente. Identificando-se com aquela mulher aviltada, Jurema ouviu dos órgãos competentes que o salão era muito mal frequentado e parecia ponto de prostituição, o que de fato não havia sido averiguado.

Uma outra situação curiosa é que sua amiga Aglaete, uma militante negras se sentindo discriminada, proferiu uma frase em que acusava de racismo a mulher que a havia discriminado. No entanto, a mulher se utilizou dessa mesma frase para acusar Aglaete de racismo. O paradoxo da questão é o fato de a primeira pessoa acusada no Brasil por crime racial ter sido uma negra. A pessoa que fez a denúncia utilizou como estratégia a fala da acusada como uma pronúncia discriminatória e inverteu a questão dos fatos. Por essa razão, Jurema foi procurada pela acusada, que era sua amiga e procurou de todas as formas tornar a questão pública. A lei conhecida como Caó foi criada para a aplicação de punição severa a pessoas que apresentassem uma postura clara de discriminação racial. Com o absurdo da situação, Jurema convidou o grupo Olodum para fazer uma manifestação pública em repúdio ao fato. Infelizmente, Aglaete foi condenada, numa situação burlesca e contraditória das aplicações das leis no Brasil.

A lei Caó provocou uma série de polêmicas. A negação do racismo no Brasil esconde outro tipo de racismo, o latente. Jurema lembra que num shopping, acompanhada de duas de suas filhas, foi seguida por um segurança e escutou quando ele se dirigia a outro vigilante pelo rádio descrevendo os trajes dela e das filhas. Ao interpelá-lo, ele ficou constrangido e negou o fato.

Sempre desconsideradas, as minorias no Brasil ficavam a mercê da intervenção do poder público, que nem sempre se mostrava atento às necessidades da população, que por sua vez desconhece os próprios direitos. Em certa ocasião, Jurema foi comunicada de que um grupo de pessoas na Zona Oeste do Rio de Janeiro vivia em condições servis e sub-humanas, exploradas pelo dono do local onde trabalhavam e morando em habitações muito precárias. Ao chegar ao local, a parlamentar, então presidente da Comissão dos Direitos Humanos, se chocou com o que viu. Resolvida a situação daquelas pessoas, Jurema compreendeu que seu trabalho só tinha significado quando ela se tornava a voz dos que não têm voz. E se colocava na vez de quem não tem vez.

O Botequim da Jurema

Chegar ao mandato não foi uma tarefa fácil. Sem financiamento para a campanha, a saída foi encontrar formas criativas para cobrir as despesas. Uma delas foi o Botequim da Jurema: um pagode itinerante que percorria as comunidades e bairros, inclusive o bairro da Gávea. Claudinho e Zaurito tocavam cavaquinho, Paulo tocava pandeiro. A *Veja Rio* publicou uma matéria que assinalava a forma criativa de alguns candidatos para fazer campanha.

O jornal *O Globo* fez uma comparação entre a campanha de Jurema e outras, milionárias. É com gratidão que Jurema lembra que, na reta final da campanha, Zaurito fez uma doação para custear as despesas pendentes. Dona Raimunda fez caldo verde, que era vendido nas reuniões do PT, e, assim, sem marketing agressivo e sem publicidade profissional, Jurema fez uma campanha marcada pela ideologia e pelo companheirismo dos amigos que sempre a apoiaram, como Elizabete Vieira, que se predispôs a ser tesoureira da campanha cujo o tesouro não era monetário, mas humano.

O Botequim da Jurema foi uma forma de entrar cantando no parlamento para espantar os males que cercam a trajetória de qualquer político.

A luta segue: o segundo mandato

No segundo mandato, Jurema ganhou maior visibilidade. Vereadora pela segunda vez, foi reconhecida como a defensora dos desfavorecidos e daqueles que tiveram seus direitos violados. Seu segundo mandato foi marcado pelo combate ao racismo e pela defesa das minorias que residiam nas comunidades do Rio de Janeiro.

Em 1996, durante a eleição, Jurema foi advertida de que suas bandeiras de campanha a prejudicariam, pois suas causas eram muito polêmicas. Ignorando isso, seguiu adiante, pois acreditava no que defendia. E foi o que lhe forneceu o combustível necessário em situações extremadas, como a chacina da Candelária e a chacina de Vigário Geral.

As chacinas ocorreram no primeiro mandato e, exatamente por esse motivo, durante a segunda campanha, ela foi identificada como alguém que acreditava que o poder público deve ser a arma de defesa de todo e qualquer cidadão, e que o parlamentar tem a missão de lhe fornecer essa garantia. Jurema sabia de onde vinha, se identificava como minoria e não recuaria.

Esta postura combativa lhe garantiria o terceiro mandato, e, dessa vez, como a vereadora mais votada do Partido dos Trabalhadores.

Terceiro mandato

Ainda durante o mandato de vereadora, Jurema decide enfrentar um novo desafio e se candidata a uma cadeira na Assembleia Legislativa do Estado do Rio de Janeiro (Alerj). Em 2002, após cumprir dez anos na vereança da cidade, vence o pleito como deputada estadual. Um de seus orgulhos foi dividir o parlamento com Heloneida Studart, um ícone e uma referência que Jurema já tinha como porta-voz das causas das mulheres. Foi neste mandato que Jurema foi indicada ao prêmio Nobel da Paz (2005).[2]

---

[2] Fonte: SCHUMAHER, Schuma; VITAL BRAZIL, Érico. *Mulheres negras do Brasil*. Rio de Janeiro: Senac Nacional, 2007.

Militância com Luís Inácio Lula da Silva e o dep. Carlos Santana na central do Brasil — campanha eleitoral de 2002.

Já conhecida nos circuitos femininos internacionais por suas lutas pelos direitos da mulher e das minorias, Jurema teve sua indicação aceita pelo comitê que analisa as indicações ao prêmio. Ela reconhece este fato como o resultado de uma luta que se iniciara havia muito tempo, e da qual é apenas o símbolo de muitas mulheres que, negras e pobres como ela, sabiam o que era viver sob o risco constante de não ter garantias de sobrevivência no dia seguinte.

Como deputada, Jurema percebeu que as dores enfrentadas pelos cidadãos comuns que dependem do poder público são frequentes, e que muitas vezes não são resolvidas devido aos entraves burocráticos que impedem ações mais diretas e imediatas na resolução dos conflitos diários sofridos pelos cidadãos.

Também nesse mandato foi levantada a tese, defendida por todos os militantes do combate ao racismo, de que não adianta ter conta bancária ou exercer cargo importante, a cor da pele sempre chega primeiro. Jurema sofreu discriminação racial por alguns seguranças da Alerj, e a agressão foi tão grande que, no dia seguinte, Jorge Picciani exonerou todos os integrantes da equipe de segurança. O presidente se solidarizou verdadeiramente com Jurema e usou seu poder para fazer justiça à parlamentar ofendida.

Outro exemplo é que, solicitada certa vez por imigrantes angolanos que denunciaram práticas discriminatórias na comunidade onde viviam, demorou a encontrar uma solução para garantir que a acusação de que estavam a serviço do tráfico de drogas era indevida e fruto de preconceito racial. Os angolanos em questão sofriam dupla discriminação, por serem estrangeiros (africanos) e por serem negros. Acusados de estarem fazendo treinamento de guerrilha no morro, os angolanos foram tratados pelas autoridades policiais como criminosos sem nenhuma justificativa.

Jurema se prontificou a defendê-los, como fazia com qualquer cidadão que se sentisse aviltado e violado em seus direitos constitucionais.

Seu mandato, pautado pela defesa das minorias, não começou numa cadeira de parlamento, mas no cotidiano dos moradores e vizinhos do Andaraí. Em suas palavras, ela diz que sua luta pela visibilidade dos negros é um eco que precisa ressoar como uma advertência. O negro não pode ser um produto de exportação. Seu espaço não pode ser apenas o espaço lúdico. O negro não é apenas um ser que samba, que joga capoeira. O negro é um cidadão, é um brasileiro, um construtor da cidadania e do pensamento. Por esses motivos, Jurema é uma entusiasta do Centro Afro Carioca de Cinema, criado por Zózimo Bulbul, um homem de visão que não se conforma com a posição secundária destinada aos atores negros. Com total apoio de sua companheira inseparável, Bisa Vianna, Zózimo tem feito um evento internacional à altura dos negros e das negras, que veem no audiovisual a oportunidade de sair do anonimato e mostrar que talento e arte não têm cor. Todo ano Jurema vai ao festival de cinema promovido pelo Centro Afro Carioca, e a amiga Naira fica incumbida de lhe enviar os convites.

Hoje, as cotas das universidades públicas manifestam o racismo latente de muitas pessoas, que as questionam como um assistencialismo desnecessário e, por ignorância histórica, fecham os olhos para a grande dívida que o Brasil tem com os afrodescendentes, cujos ancestrais aqui chegaram não por vontade própria, mas sequestrados de seus países de origem para alimentar a riqueza e o luxo da oligarquia.

As cotas parecem uma ameaça ao lugar garantido de quem sempre esteve na universidade. Jurema reconhece que existe falta de consciência racial nas novas gerações. O negro não pode ser concebido como o ser que diverte, o bobo da corte que alegra a plateia e se pergunta: "Que país é este?"

Ao visitar os Estados Unidos, Jurema se perguntou como um país de cultura anglo-saxônica conseguiu eleger Barack Obama e reconhecer o legado de Martin Luther King, enquanto o Brasil, um país de maioria afrodescendente, faz piada com o dia de Zumbi, que ainda é um feriado apenas estadual e que deveria ser um dia de reflexão sobre nossa consciência racial.

Jurema lamenta não termos um herói negro na história nacional. Num claro ataque a nossa própria imagem, o desconforto diante da questão racial nos remete à dificuldade que temos em descobrir quem somos e o que podemos ser.

Jurema sabe que esta não é uma indagação apenas dos afrodescendentes. Os brasileiros precisam entender que não podem ser figurantes de sua própria história. Atores que entram em cena mas cuja voz não se ouve. Jurema se colocou como voz, e nunca desistiu de gritar.

Ter empregada é um luxo

Na luta pelos direitos das mulheres, Jurema se empenhou pelos direitos das empregadas domésticas. Função exercida por uma grande maioria de mulheres com baixa escolaridade, esta profissão, durante muito tempo, foi tratada sem os devidos direitos pertinentes a qualquer trabalhador. Sempre foi comum se ouvir nas rodas de conversa que a empregada era como alguém da família. Sobre isso, Jurema ironiza: "Isso só é verdade se o nome dela vier contemplado no testamento da família." Esta forma de tratar a empregada doméstica é uma forma sutil de desqualificar os seus serviços profissionais, sem proporcionar as garantias trabalhistas inerentes a sua função.

Com o mercado cada vez mais exigente, as empregadas domésticas precisam se profissionalizar e se qualificar para o exercício de seu trabalho. Jurema diz: "É preciso compreender que empregada doméstica é um artigo de luxo, para tê-la é preciso considerar que o tratamento deferido deve ser de alguém que possui uma joia."

A empregada doméstica precisa ser alguém de confiança e que exerça com qualidade as suas funções. Atributos que também exigem remuneração correspondente às exigências que lhe pedem.

A luta de Jurema vem de sua história. Confinada num quartinho de empregada, viu a mãe gastar anos de vida trabalhando nas cozinhas, lavando e passando roupa, cuidando de casas, com o mesmo empenho de quem cuida de suas próprias coisas. A empregada doméstica para Jurema é mais do que uma função, é um símbolo.

O negro invisível

Uma das lutas de Jurema como parlamentar foi a visibilidade do negro no mercado e na mídia. Quem já viu negros em comerciais de automóveis? Será que negro não dirige carro? Onde estão os negros nos grandes shoppings como atendentes? Os negros não consomem? Como no Brasil as marcas estão associadas à imagem idealizada pela mídia, elas negligenciam a imagem do negro e, portanto, o negro consumidor é um consumidor invisível.

Jurema sabe que já houve avanços, mas é preciso continuar gritando para que não esqueçam a luta dos que vieram e marcaram território para que esses avanços acontecessem. A luta do combate ao racismo precisa ser uma luta de todos. Frei Davi, da Educafro, é um referencial na lutas pelas cotas, pois ele conseguiu sensibilizar a PUC para que houvesse a reserva de vagas para negros e carentes, e os resultados foram maravilhosos, o que fortaleceu em muito a defesa das cotas nas Universidades Públicas.

O discurso de vitimização da pobreza muitas vezes vem como desculpa para acomodar o destino das pessoas. Ser pobre não é uma sina para ser bandido. O que leva alguém para a marginalidade não é a falta de dinheiro, mas a falta de esperança. A ausência do Estado para garantir uma educação de qualidade é uma grande ferramenta que alavanca a geração de jovens sem oportunidades. É comum vermos nas fotografias dos noticiários policiais o enorme índice nas estatísticas de jovens assassinados nas comunidades e que invariavelmente são negros. É uma clara prática de genocídio e *apartheid* social. O negro, assim, continua invisível, pois na estatística é apenas um número.

CAPÍTULO VIII

Um papo sobre sogras

Se para muitos sogra é sinônimo de piada de mau gosto, para Jurema, as sogras são grandes companheiras. Fugindo do senso comum, suas experiências com as sogras foram marcantes e, por isso, merecem registro. A primeira, dona Sebastiana, avó de sua primeira filha, Viviane, ensinou-lhe a ter alegria em pequenas coisas e a rir do cotidiano. Dona Sebastiana era uma exímia costureira, cozinheira caprichosa, que durante a páscoa fazia um saboroso bacalhau, cuja receita até hoje é mantida em segredo.

Em um carnaval, dona Sebastiana, encarregada de costurar as fantasias, mediante o atraso na compra dos tecidos, não conseguiu terminar a fantasia de Carmem Miranda que seria usada por Jurema na ala da Flor de Mina do Andaraí. Jurema saía na Ala da Sorte, dirigida por Rosália, que ensaiava as coreografias.

Apesar da correria, a fantasia não ficou pronta a tempo e Jurema não pôde desfilar. Sempre pronta para atendê-la, hoje com a saúde debilitada, dona Sebastiana é lembrada por Jurema com muito carinho.

Com sua segunda sogra, dona Jurandir, avó de Dandara e Nianuí, aprendeu que mesmo na família de hábitos simples é possível compartilhar os momentos de refeição com todos sentados à mesa e fazer deste um momento para a comunhão e a comunicação da família. E que inteligência e sensatez não se adquirem com diploma. O legado culinário de dona Jurandir se revela nas rabanadas que Jurema aprendeu a fazer. Seu Augusto, marido de dona Jurandir, sempre atencioso e generoso, foi o construtor da casa Raimunda Astrogildo, centro comunitário fundado por Jurema no Andaraí. A amizade entre Jurema e Jurandir era tanta que, durante um período, quando seu Augusto foi para São José dos Campos a trabalho e dona Jurandir o acompanhou, Jurema fez uma viagem somente para matar saudades. São amigas e sempre que podem se encontram.

CAPÍTULO IX

As boas-novas chegam para Raimunda

Vinte anos antes de falecer, dona Raimunda se converteu à fé evangélica. Depois de muito sofrimento por causa do alcoolismo, chegando a ficar ausente por vários dias, inclusive num estado de mendicância, ela teve uma experiência religiosa. Ouviu uma voz vindo de uma luz que lhe dizia para voltar para casa.

Ela pediu ao genro que cortasse seu cabelo, que estava com os fios grudados por causa da sujeira. Ingressou na igreja evangélica, foi batizada e a família Batista saiu do barraco para sua primeira casa de alvenaria.

Dona Raimunda foi alfabetizada na igreja, se tornou "obreira" e morreu sem sofrimento, dormindo, assim como queria e dizia. Morreu sem dar trabalho para ninguém. Raimunda foi o farol que conduziu Jurema.

No dia de sua morte, Jurema lembra que a mãe pegou carona com ela para ir à igreja. Horas mais tarde, recebeu um telefonema da filha, que lhe informou que sua mãe estava internada. De lá não voltou, mas seu semblante estava tranquilo.

Os últimos anos de vida de Raimunda foram de paz. O conforto proporcionado pela comunidade cristã lhe permitiu viver dias melhores. Dona Raimunda não foi uma militante formal, mas os militantes companheiros de Jurema sabiam que sua generosidade era garantia de comida boa. Sua hospitalidade era sua marca. Segundo sua amiga, Lili, dona Raimunda não morreu, saiu de cena em alto estilo, e que estilo! Só de sua igreja foram três ônibus fretados, vários acompanhantes em seus carros particulares e em ônibus comuns, o cortejo não era fúnebre, era um coral, como aqueles de New Orleans que cantavam em uníssono: "E quando enfim chegar a hora em que a morte enfrentarei sem medo, então terei vitória, verei a glória, o meu Jesus, que vivo está. Porque ele vive, posso crer no amanhã, porque ele vive, temor não há, mas eu bem sei que a minha vida está nas mãos do meu Jesus, que vivo está."

A passagem pela FIA
(Fundação da Infância e Adolescência)

Durante o ano de 2007, Jurema presidiu a FIA. Foi uma experiência desafiadora, pois precisava gerir uma instituição que tem como clientela crianças e adolescentes. Por ser um órgão público, a FIA era solicitada para atender convênios de várias organizações, e o orçamento não era suficiente.

Com a escassez dos recursos e a implementação do LOAS (Lei Orgânica da Assistência Social), a FIA passou por um

Raimunda, mãe de Jurema Batista.
Coleção particular de Jurema Batista.

processo de reformulação de aplicação de recursos. Priorizar convênios e visualizar as necessidades mais presentes foi um desafio político e administrativo para quem sempre esteve "com a mão na massa". Os entraves burocráticos são tantos que nem sempre é possível atender às necessidades que a população demanda.

Foi uma gestão de um ano e três meses, que lhe proporcionou uma experiência rica, inclusive na questão das crianças desaparecidas. Poder auxiliar mães e pais que queriam saber onde estavam seus filhos se tornou uma missão. Em sua gestão, Jurema conseguiu implantar uma unidade da FIA em Sepetiba, onde foi organizado o projeto "Diversão e Arte", que visava atender às crianças daquela comunidade. Neste aspecto Jurema empreendeu todos os esforços para que os programas que já existiam fossem supridos pela FIA, tentando superar os embates políticos e burocráticos que norteavam os cargos denominados "de confiança".

A FIA, em sua concepção, tem uma série de vertentes de atuação, como crianças desaparecidas e vítimas de maus-tratos e abuso sexual.

Ela observou que muitas das crianças que desapareciam eram crianças que sofriam maus-tratos. Essas crianças fugiam e, muitas vezes, por estarem fragilizadas, consentiam em acompanhar estranhos que lhes acenavam a possibilidade de uma vida menos sofrida. Infelizmente, muitos desses desaparecimentos estão associados ao tráfico de crianças e à prostituição infantil.

O perfil de crianças desaparecidas tinha um padrão: meninas de pele branca e cabelos longos, que muitas vezes eram assassinadas após serem violentadas sexualmente. Meninos também desapareciam e muitas vezes não eram encontrados. Infelizmente, o Brasil ainda carece de estrutura adequada para atender a essa demanda de pessoas desaparecidas. O programa é até hoje gerenciado pelo Luisinho, e tem um dos melhores índices de recuperação de crianças desaparecidas. Um dos primeiros atos de Jurema como presidente foi ir ao cemitério do Caju acompanhar o enterro de duas meninas. Os sequestradores usaram a mesma tática: chegaram à casa das meninas e pegaram um eletrodoméstico dizendo que tinham autorização dos pais para consertá-los e as levaram junto. Logo depois, ela apareceram mortas.

Jurema enfrentou, no entanto, algumas dificuldades. Sua tentativa de apoiar um projeto de ensino de balé na Zona Oeste recebeu um parecer negativo. A justificativa era a de que as crianças deviam aprender informática, e não balé, que não lhes daria futuro. Jurema se lembrou dela mesma tocando piano na escada e do patrão de sua mãe dizendo que ela tocaria piano no fogão. Tanto tempo se passou e a mentalidade continuava a mesma. Quem constituiu essas pessoas para decidirem o futuro de alguém? Mas valeu a pena.

Outro programa que fez Jurema muito feliz foi o "Procuro Minha Família", gerenciado por Zildênia Gomes. O programa conseguiu fazer o reencontro de famílias que não se viam havia mais de vinte anos. Foram feitos convênios com vários meios de comunicação para divulgação de fotos das famílias. O ponto alto foi o convênio assinado entre a FIA e a UERJ, que cedeu seu laboratório com o objetivo de fazer teste de DNA gratuito em caso de tentativa de se comprovar grau de parentesco. Outro projeto muito importante foi o convênio assinado com a comissão de direitos humanos da OAB, cuja diretora era a dra. Margarida Prisburg, para acompanhar casos de desrespeito às crianças e aos adolescentes. Com a Casa de Sara, Jurema aprovou o projeto que apoiava mães jovens grávidas, e tinha como objetivo aumentar a autoestima dessas jovens e ensiná-las e capacitá-las para o pós-parto, deixando claro, tanto do ponto de vista psicológico quanto do profissional, que a gravidez não era o fim de tudo, mas sim um novo começo. Jurema também não se esquece das campanhas preventivas que realizava em todos os grandes eventos populares, distribuindo pulseirinhas que continham dados das crianças para que não se perdessem. Enfim, muitas ideias na cabeça e uma caneta na mão de Jurema, e muitas coisas podem acontecer.

CAPÍTULO X

Uma experiência arrebatadora

Desde o início de sua militância, Jurema teve contato com comunidades cristãs. Participando de eventos com as comunidades de base, ela sempre esteve ligada aos grupos cristãos, mas nunca se filiou a nenhum grupo em particular porque considerava que a cristandade tinha uma dívida com os africanos por terem se omitido com a questão da escravidão.

Com os grupos de protestantes, em particular, Jurema tinha bastante preconceito. Considerava seus seguidores ignorantes e não politizados. Hoje, enxerga que essa postura revelava uma arrogância intelectual.

Certa vez, quando estava doente, foi visitada pelo pastor de uma assessora que sentenciou que ela ficaria curada se reconhecesse Jesus Cristo como Senhor e Salvador. Ela atendeu ao apelo. No dia seguinte, acordou curada. Lembrando o compromisso que fizera mediante o apelo, pensou que sua conversão a levaria a abdicar de muitas práticas, e que talvez sua filiação no credo protestante pudesse ser vista como oportunismo eleitoral. Relutou por dois anos. Hoje, afirma: "O encontro com Deus é pessoal e intransferível."

Passou a ler a Bíblia e se identificou com as histórias de Jesus e com sua compaixão pelos mais simples. Guiada por uma voz que reconhece como a voz do Espírito Santo, diz que hoje se sente livre e segura. Jurema defende que o cristão deve ser empregador da tolerância, respeitando os diferentes mesmo que não concorde com eles. Sobre Jesus, Jurema diz que se sobre o filho de Deus disseram: "Pode vir alguma coisa boa de Nazaré?", não pode se espantar quando perguntaram se do Andaraí poderia surgir algo bom. E Jurema provou que sim. Pois não importa de onde você vem, e sim para onde você vai. Hoje membro de uma comunidade cristã, Jurema não se define como frequentadora de cultos, mas como uma genuína e verdadeira cristã consciente de seu dever de praticar a generosidade e a misericórdia com o próximo.

Jurema não aceita ser rotulada, pois ser cristão não é rótulo, e sim uma missão.

Plataforma para toda a vida

Jurema acredita que pessoas como ela, que tomaram consciência sobre as desigualdades que ainda existem em nosso país e no mundo, dificilmente conseguirão se aposentar dos compromissos que assumiram consigo mesmas e com os outros. Jurema, por exemplo, exerceu três mandatos de vereadora e um de deputada estadual, no qual o povo lhe confiou 36 mil votos. Jurema entende que essa delegação é para sempre e, portanto, não pensa em se aposentar. Onde houver alguém em situação de necessidade, poderá contar com ela. Nesses trinta anos de militância muitas coisas mudaram, mas para Jurema o trabalho de combate ao racismo, a defesa da criança e do adolescente e uma nova maneira de se ver a mulher na sociedade devem ser lutas permanentes. Apesar de terem conseguido muitos avanços, as mulheres muitas vezes também ficaram com a responsabilidade de criar seus filhos sozinhas; conquistaram o direito ao voto, mas são minoria no poder, ocuparam mais vagas no mercado de trabalho, mas o salário continua sendo menor que o dos homens. Para sua satisfação, Jurema vê emergir novos grupos de jovens como o Denegrir, da UERJ, que defende o direito de negros e negras se sentarem num banco universitário com dignidade, exige conteúdo pedagógico condizente com a pluralidade étnica de nossa sociedade e não abre mão de ser tratado com respeito. Jurema também tem acompanhado a organização das jovens negras, em especial o grupo Aqualtune, que marca presença exigindo a visibilidade da mulher negra. Para Jurema, essa continuidade lhe dá a certeza de que ter se envolvido tão nova no movimento de garantias de direitos não foi em vão.

Para pessoas como Jurema, que participaram da marcha dos 100 anos da abolição e quase foram impedidas de concluí-la, para as mulheres negras que amamentaram os filhos das sinhás enquanto os seus morriam de inanição, para os militantes que quebraram paradigmas ao derrubar o mito da democracia racial, a juventude é a resposta. Neste século, a palavra de ordem é TO-LE-RÂN-CIA, pois foi o que faltou nos séculos anteriores, com os considerados inferiores ou cidadãos de segunda categoria. Construir uma nova sociedade, com novos valores, tendo a humanidade como balizadora de direitos, é uma tarefa que Jurema não acha nada fácil. Mas quem disse que seria? Ela diz: "Estou pronta."

Não só valeu, ainda está valendo. A luta continua porque... RESPEITO É BOM E A GENTE GOSTA!!!

CAPÍTULO XI

Sem passar pela vida em branco...

Olhando para trás Jurema compreende sua luta como resultado do empenho de várias pessoas. Sua luta não começou com ela, mas com milhares de escravos que aqui chegaram não por escolha, e sim por imposição. Com orgulho se ofereceu para defender os que, como ela, não tinham voz nem vez. No entanto, recusou-se a deixar que escrevessem o seu destino, não aceitou passar pela vida em branco. Sabe que há muito por fazer. A vida de um político não se resume ao seu mandato, mas a sua luta e a sua causa. A causa de Jurema é a causa das mulheres, é a causa dos negros, a causa dos pobres e de muitas meninas que, confinadas num quartinho de empregada, também têm o direito de construir uma história com final feliz.

Foto: Alice Moreira

Sobre a autora

Nascida no bairro de São Cristóvão, no Rio de Janeiro, **Miria Ribeiro** é psicóloga e autora de *Mulheres têm medo de quê?* e *Retratos de Família*, ambos pulicados pela MK Editora.

Este livro foi impresso em julho de 2011,
na gráfica Armazém das Letras, no Rio de Janeiro.
O papel do miolo é o offset $75g/m^2$ e o da capa é o cartão $250g/m^2$.
A família tipográfica utilizada é a Utopia.